神様たちのお伊勢参り❾

縁結び神社に誘惑の香り

竹村優希

双葉文庫

谷原芽衣《たにはらめい》

不運続きの中、思いつきで伊勢神宮へ神頼みにやってきた。
楽天家で細かいことは気にしない。天のはからいにより「やおよろず」で働くことに。

燦《さん》

「やおよろず」唯一の常駐従業員。
物静かで無表情。見た目は子供だが、仲居をこなしつつ、厨房を任されている料理人。

天《てん》

元は荼枳尼天《だきにてん》に仕える狐だが、出稼ぎと称して神様専用の宿「やおよろず」を経営している。

性格はぶっきらぼうだが、日々やってくる沢山の神様たちを一人で管理するやり手な一面も。

シロ

天と同じく、ヒトの姿に化けられる白狐。芽衣のことを気に入っていて、天をライバル視している。神様相手の商売を画策中。

仁《じん》

天と共に荼枳尼天に仕えていた兄弟子。
陸奥の神様専用宿「可惜夜」の主。

因幡《いなば》

昔話で語り継がれている、因幡の白うさぎ。
過去に大国主に救われて以来飼われている。
ずる賢くイタズラ好き。

プロローグ

やおよろずには、天《てん》によって厳重な結界が張り巡らされている。

神様が集う場所には特別な力が宿り、妖《あやかし》をはじめ邪悪な者が寄せ付けられてしまうため、それらの侵入を防ぐためにとても重要らしい。

確かに、シロが運営する温泉、草の縁《ゆかり》は、作って間もなく黒蛇《くろへび》の妖に乗っ取られたし、つい最近は、結界を張っているにもかかわらず、毒蜘蛛《どくぐも》の侵入を許してしまった。

それは無理もなく、天が神経を尖らせて守っているやおよろずですら、完璧だとは言い難いらしい。

「――完全に出入りを禁じる結界なら単純なんだけど、やおよろずは客商売だからね。匙《さじ》加減が重要なんだ」

そう語るのは、仁《じん》。

大昔、天と共に荼枳尼天《だきにてん》に仕えていた仁は、天に甘い。

今回も、天から「新たな結界を張るから荼枳尼天の宝珠《ほうじゅ》を貸せ」と頼まれたと、可惜夜《あたらよ》を放ったらかしてやおよろずにやってきた。

ちなみに、荼枳尼天の宝珠とは、仁が可惜夜をはじめるときに荼枳尼天が託したものだという。

天に託された鈴と同様、宝珠にも守護の利益《りやく》があるらしく、両方揃《そろ》えば、より強固で複雑な結界を張れるという話だ。

天はそんな仁を庭で待たせたまま、準備をしてくると部屋に戻ったっきり、かれこれ三十分が経つ。

「匙加減、ですか」

「結界は、どこまで侵入を禁ずるかの線引きが重要なんだ。とはいえ、善悪の判断が難しいお客さんもいるからね。やおよろずでいうなら、黒塚《くろづか》のような。……あと、本来ならヒトの出入りも禁じるはずだが……、今は無理だろう?」

「……なるほど」

意味深な視線を向けられ、芽衣《めい》は思わず目を逸《そ》らす。

すると、仁はニヤニヤと笑いながら、芽衣の肩に触れた。

「こんなにややこしい結界を何重にも張り、家宅六神《かたくろくしん》の札もすべて賜って、俺からすれば駄目押しが過ぎるとも思うんだが……、男っていうのは、守る者ができると変わるんだな。天は本当に丸くなった」

「仁さんって、天さんに会うたびにそうおっしゃってません……？」

「会うたびにしみじみ感じているからね」

「……まあ、仁さんは天さんがまだ子供だった頃から一緒だったわけですし、余計にそう思われるんでしょうけど……。っていうか、天さんって、昔と今ではそんなに違うんですか……？」

「それはもう、まったく違う。だけど、急激に変わったのはやっぱりここ数年だね。天がヒトにここまで執着するなんて、俺からすれば天変地異だ」

数年と聞き、芽衣はふと、天と出会った頃のことを思い返す。

確かに、芽衣がヒトであると知った当時の天は、あまりいい顔をしなかったし、どこか素っ気なかった。数年後にすっかり過保護になってしまうなんて、想像もできないくらいに。

「改めて思い返してみると、数年前と今では全然違いますね……」

「だろう？　……とはいえ、芽衣と出会った頃にはもう、天のヒト嫌いはずいぶんマシになってた方だよ。……俺が出会った頃なんて、それはもう酷《ひど》くて」

「仁さんが天さんと出会った頃ですか？」

「そう。……天は、最初から優秀ではあったんだけどね。っていうのが、そもそもヒトに化けられるような能力の高い狐《きつね》は、ごく一部しかいないんだ。ただ、関わったこともないくせにヒトを毛嫌いしていたし、もっと言えば女性嫌いも酷かったな。とにかく、弱い者を嫌う傾向が強くて」

思えば、以前にも仁は、過去の天のことを「女を女とも思わない冷たい奴だった」と表現していた。

こうして何度も言うくらいだから、よほど酷かったのだろうと芽衣は思う。――しかし。

「まぁ、それはそれでからかい甲斐《がい》があって、面白かったけどね」

そう付け加えた仁は、過去の思い出が蘇《よみがえ》ったのか、なんだか幸せそうに笑っていた。

つい見とれてしまった芽衣に、仁はさらに笑みを深める。

「聞きたい？　昔の天のこと」

まるで心を読まれてしまったようで、芽衣は動揺してつい目が泳いだ。

仁は芽衣のそんな反応を楽しそうに眺めながら、答えを待つ。

「き、聞きたい、です……」

からかわれているのが悔しくて、つい無理やり言わされたような口調になってしまったけれど、聞きたいというのは本音だった。

それに、幼い頃の天のことを話してくれそうな知り合いなど、仁以外に存在しない。天がいれば絶対に嫌がるだろうけれど、今のところ、戻ってきそうな気配はなかった。

次第に、これは滅多《めった》に得られない貴重なチャンスなのではと考えはじめ、芽衣は仁をじっと見つめる。

「……そんなにキラキラした目で待たれると、もっと焦《じ》らしたくなるな」

「ひ、ひとが悪いです……！」

「ごめんごめん、……あまり芽衣をからかうと天に殺されかねないから、気を付けないと。——では、ちょっと昔話でもしようか。まあ、別にたいして面白い話もないけど」

仁はそう言うと、鳥居の外を指差した。

「え、ここから離れるんですか……？」

「ここは因幡《いなば》やら黒塚やら、いろいろと邪魔が入りそうだからね。どこかに宝珠で結界を張って、二人っきりでゆっくり話そう」

邪魔が入るとか、二人っきりとか、やたらと含みのある言い方をするのは、おそらく仁の癖だ。

むしろ、仁が惜しげもなく醸《かも》し出す大人《おとな》の色気のせいで、こっちが勝手に含みがあると解釈してしまっている可能性もある。

芽衣は苦笑いを浮かべつつも、結局、仁に従った。

そもそも、芽衣は仁に対し、自分にはおかしなことをしてこないという絶対的な信頼がある。

もし信頼するに足らない相手ならば、たとえ少しの時間であろうと、過保護な天が二人にするとは思えないからだ。

天と仁の信頼関係は、こういうときに垣間《かいま》見える。芽衣にとっては、それが微笑《ほほえ》ましい。

「ところで、宝珠ってすごく大切なものですよね……？　そんな使い方をしても大丈夫なんですか……？」

「大丈夫大丈夫。荼枳尼天だって、狐たちが騒ぎだすと結界を張って籠《こも》っていたし、普段から活用してたから」

「そんな便利グッズみたいな言い方……」

芽衣にとって茶枳尼天の印象は、とにかく怖ろしいに尽きる。なにをされたわけでもないが、目が合っただけで言葉を失う程の迫力は今も忘れられない。

しかし、仁を通して聞くと、不思議と親近感すら覚えてしまうから不思議だ。

やがて、仁はしばらく山を歩くと、大木の根に芽衣を座らせ、懐から水滴のような形の透明な石を取り出した。

それがおそらく茶枳尼天の宝珠なのだろう。水晶のように透明で、みずみずしい艶を放ち、その美しさに芽衣は思わず溜め息をついた。

「綺麗《きれい》……」

「これが作る結界も綺麗だよ」

仁はそう言って、宝珠を両手で包む。

すると、突如、指の隙間から優しい光が溢《あふ》れ出し、あっという間に芽衣たちをすっぽりと覆ってしまった。

「この光の中が結界なんですか……？　こんなふうに目に見えるなんて、なんだか不思議……」

「見えるのは、結界の範囲が狭いからだよ。もっと広く張れば、透明に見える。ただ、広く張ればそのぶん効果は薄れてしまうけど」

「なるほど……」

光が舞う光景はとても神秘的で、芽衣は無意識に手を伸ばす。しかし、光はまるで生きているかのように芽衣の指先をするりと避《よ》け、触れることはできなかった。

仁は物珍し気に光を眺める芽衣を見ながら、光の粒を指差す。

「もし妖がこの光に触れようものなら、たちまち弾かれてしまう。単純な結界だけど、かなり強力なんだよ」

「すごいですね……」

「体が出てしまわないよう気をつけて。出ちゃうと、そこだけ切り離して持っていこうとする妖もいるから」

「……」

いきなり怖ろしいことを言われ、芽衣は思わず膝《ひざ》を抱えて縮こまった。

すると、仁は声を殺して笑う。

「からかいましたね……？」

「いや、嘘《うそ》じゃないよ。でも、そんなに怖がるなんて可愛いなと」

「やっぱりからかってるじゃないですか……」

「さて。……昔の天の話が聞きたいんだろう？」

「あっ……、はい……！」

そう言われ、ついつい結界に夢中になってしまっていた芽衣は、本来の目的を思い出した。

期待に目を輝かせると、仁はその反応に満足そうな笑みを浮かべる。

「あの頃の茶枳尼天一行は、大所帯でね。とにかく賑《にぎ》やかだったが……、一番言いたい放題だったのは、天だったな」

「天さんがですか……？」

「その上、口調は荒いし、身勝手だし。……当時は、『天』だなんてずいぶん大層な名前を賜ったものだと思ってたよ」

「天さんの名前に、特別な意味が……？」

「ああ。……じきにわかるよ」

仁はその意味深な言葉を皮切りに、何百年も昔の話を語りはじめた。

——狐とは、特殊な魂の器を持ち、生を終えた後にも長く彷徨《さまよ》う。

ヒトの世と神の世を行き来できるため、神の遣いとなることが多いが、中には彷徨ううちに邪悪な魂と寄り合い、妖と化す場合もある。

そもそも知能も潜在能力も高い動物であり、遣いになれば優秀だが、逆に妖になってしまった場合は神々ですら手を焼く程の力を持ってしまう。

もともと狐の権化《ごんげ》である荼枳尼天は、そんな彷徨う狐の魂たちに慈悲をかけ、すべてを拾っては自分の遣いにした。——結果、やがて狐は何千頭にも増え、荼枳尼天一行と呼ばれる大所帯が出来上がった。

狐の能力はそれぞれ違うが、化ける術を使える者はごく稀《まれ》で、一握りしか存在せず、当時の荼枳尼天一行の中にも、ほんの数頭しか存在しなかった。

そして、その数頭の中で、もっとも優秀な遣いだったのが、仁。

仁は拾われた瞬間からその才を発揮し、いつでも荼枳尼天の傍《そば》に置かれた。

仁自身、荼枳尼天に仕えることを誇らしく思っていたし、荼枳尼天にもっと認められるようにと、なんでも言うことを聞いた。

むしろ、狐とはそういうものだと、優秀であり忠実な遣いであるべきだと思っていた。——のに。その考えが変化したのは、荼枳尼天が小さな狐を拾った、運命の日。

その頃、荼枳尼天一行はしばらく伊勢《いせ》に留まるべく、山に仮の屋敷を作って滞在していた。

そんなある日のこと。

「――なんなんだ、このズルズルした重い着物は！　趣味が悪いし色もギラギラして目が痛い！」

茶枳尼天に呼ばれた仁は、豪華な着物を着付けられた狐の少年を紹介された。

茶枳尼天に遠慮なく文句を言う姿にも、まったく似合わない派手な着物にも愕然としたけれど、なにより仁が驚いたのは、その幼さで、完璧にヒトに化ける術を会得していること。

そんな狐は、滅多にいない。

茫然《ぼうぜん》とする仁に、茶枳尼天は手招きした。

「仁。この狐の名は、天だ」

「天……、ですか。このうるさ……いえ、元気な子供が、茶枳尼天様の名前を一文字賜るんですか？」

「ああ。お前は兄弟子として、面倒を見てやれ」

「……俺が、ですか」

「不満か？」

そう問われ、仁は、天と名付けられた少年にチラリと視線を向ける。

身長は低く華奢《きゃしゃ》な手足は擦り傷だらけで、どこから見ても幼いのに、その眼光は異様に鋭く、仮にも自分を拾った主である荼枳尼天を睨《にら》みつけていた。

「……手に余りそうだな、と」

つい正直な感想を零《こぼ》すと、荼枳尼天はニヤリと笑う。――そして。

「お前が手懐けられるのは女狐だけか？」

「……」

痛いところを突かれてしまって、仁は言葉を失った。

というのも、仁には少々悪癖がある。

荼枳尼天に仕えるようになってからというもの、能力の高さはもちろん、その端正な見た目からか、仁は女狐たちからやたらとチヤホヤされた。

そして、仁もまた、それらを一切拒まなかった。

もともと優しい性格であることも要因の一つだが、仁自身、綺麗な女狐たちと過ごすと気持ちが安らいだし、とくに断る理由もなかった。

ただ、特定の誰かに執着することはなく、その姿勢はときに他の狐たちのやっかみを買ったし、いわれのない因縁をつけられ喧嘩《けんか》になることもあった。

しかし、まさかその噂が荼枳尼天の耳にまで届いていたとは思わず、仁は動揺して言葉を失った。

　すると、茶枳尼天は可笑《おか》しそうに笑い声を上げた。

「別に悪いとは言っていない。ただ、守りたいものは、自分の能力に見合った数でなければ身を亡ぼすぞ」

「……熟慮します」

「よろしい。では、行け」

「……はい」

　結果、仁は天の世話を任されることになった。

　茶枳尼天の部屋を後にし、動揺を収めるためゆっくり深呼吸をすると、後ろから、ペタペタと足音が響く。

　――そういえば、面倒見を任されたんだったな……。

　やれやれと思って振り返ると、天は早速帯と襟元《えりもと》を着崩し、おまけに足袋《たび》を両手に一足ずつ持って、仁をじっと見上げていた。

「……おい、だらしないぞ……。それに、足袋を脱ぐな」

「嫌だ。コレは足が窮屈で気持ち悪い。この変な着物も脱ぎたい。……もう狐の姿に戻ってもいいか？」

「駄目だよ。化ける術とは、続けることでより磨かれる。じきに慣れるから、少し我慢しなさい」

「なんのために磨くんだ」

「それは、兄弟子たちのようにいずれ神々を相手に商売……いや、誰かにお仕えするときには、ヒトの姿以上に適したものはないからだよ」

仁は本当のことを言いかけたものの、拾われたばかりの子供には理解できないだろうと慌てて言い換える。

しかし、天は眉《まゆ》ひとつ動かさず、溜《た》め息をついた。

「なんだ、いずれは出稼ぎか。つまり俺は奴隷《どれい》として拾われたんだな」

「……天は賢いんだね。でも、奴隷なんて言い方はやめなさい。……心配しなくとも、不当な扱いなんてされないよ」

「自由がない時点で不当だろ」

子供くらい簡単に言いくるめられると思っていたのに、天は言葉をよく知っていたし、思ったよりもずっと手強《てごわ》かった。

仁は、その幼い見た目からつい見縊《みくび》っていたことを反省する。そして、上っ面の言葉で向き合える相手ではないと、考えを改めた。

「自由が幸せかどうかなんて、決めつけるべきじゃないよ。狐は神々に使われることで、一番力を発揮する。荼枳尼天は見た目は怖いが優しいよ。拾われたことは、とても幸運だ」

「それも、お前の決めつけだ。なにが一番かなんて、俺が決める。俺は自由が欲しいし、少なくともこんな格好はしたくない……！」

「……なにがそんなに嫌なんだい？」

「なにもかもだ！　だいたい、こんな着物似合ってないだろ！」

仁は、思わず笑ってしまった。

やけに大人びたことを言ったかと思えば、話しながらどんどん感情的になっていく様子は、やはり年相応だと。

つい可愛いと思ってしまった自分に、仁は驚く。

「笑うな！」

「……悪かった。ただ、似合ってないなんてことはないよ。確かにその着物はずいぶん派手だが、天の鮮やかな髪色によく映える。着慣れてくれば、もっと馴染《なじ》むだろう。背丈もまだまだ伸びるだろうしね」

「別に、似合いたいなんて思ってない！　背もこのままでいい！」

天は不満げだったけれど、ひとまず着物を脱いではならないことだけは、理解したらしい。

ぶっきらぼうに襟元を直しながら、わざとらしく溜め息をつく。

「まあ、とにかく、試しにしばらくここで過ごしてみるといいよ。それでも本当に嫌だったら、茶枳尼天に直接言えばいい。茶枳尼天は、別に君をここに縛《しば》り付けようなんて思っていないんだから」

「だったら、なんのためにこんなに狐を集めるんだ」

「ああ見えて、慈悲深いのさ。邪悪な魂に利用されてしまう可哀想な子を、少しでも減らしたいんだよ。狐たちにとっては親みたいなものだ」

そうは言ったものの、仁は、直接茶枳尼天から目的を聞いたことはなかった。

縛り付ける気はないと言ったものの、茶枳尼天の元から逃げようとする者に出会ったことがないというだけで、本当のところはわからない。

ただ、ここには説明しようのない居心地のよさがあることは確かだった。

天から決めつけだと指摘された、「拾われたことが幸運」という言葉も、嘘ではない。

すると、天はさも嫌そうに足袋を履きながら、チラリと仁を見上げた。

「……お前はずいぶん満喫してるんだな」

「仁だ」

「ん？」

「お前じゃなくて、仁だよ。天にとっては兄弟子だ。仁さんとでも呼……」

「仁、ならとりあえず様子を見ることにする」

まだ足袋も上手く履けないような幼い子供から初対面で呼び捨てされ、仁は面喰らう。

けれど、不思議と嫌な気はしなかった。

そして、このときの仁は、まだ知る由もない。

この縁がこれから何百年にわたって延々と続くことも、天があっという間に荼枳尼天の右腕となることも。


伊勢に留まって、半年。

神々にとっての半年はほんの束の間のことだが、その間、荼枳尼天は伊勢の山の仮住まいを何度も建て直した。

ただの暇つぶしか戯れか、建て直すたびに外観が豪華になっていき、さすがの仁も目立ちすぎると止めたものの、荼枳尼天は聞かなかった。

「――今回の滞在は、いつもより少し長い。どうやら伊勢の神様と約束をしていたようだが、なかなか会えないらしくてね。茶枳尼天は一つの場所に留まっていられない性分だから、さぞかし退屈しているんだろう」

仁は、屋根に取り付けられた金色の象の置物を見上げながら、溜め息をつく。

一方、天はもはや慣れたとばかりに、さほど気にも留めていない様子だった。

ちなみに、ここ半年というもの、茶枳尼天はやたらと天を構っていた。

茶枳尼天に対してあけすけのない物言いをする天を、ずいぶん気に入っているらしい。

たびたび呼びつけては、天をからかって遊んでいるようだった。

「同じ暇つぶしでも、俺を着せ替えて遊ばれるよりは、屋敷をいじってくれている方がずっといい。……にしても、茶枳尼天の趣味は俺にはまったくわからん」

「そう言うな。茶枳尼天は数々の土地を飛び回り、数えきれない程の文化に触れているから、趣味が多様なんだ」

「だからって、混ぜたら駄目だろ。もはや常軌を逸してるぞ、この屋敷」

「やめなさい。お前は思ったことを口に出しすぎる……」

天はといえば、毎日好き勝手に不満をぶちまけながらも、なんだかんだで逃げることなく、荼枳尼天の元に落ち着いている。

これこそ、「説明しようのない居心地のよさ」によるものだと、仁は思っていた。

いちいち文句を言いながらも、兄弟子である仁の頼みはきちんとこなしたし、なにをやらせても、天の能力は思った以上に高い。

ヒトの姿も次第に板につき、やがて着物への不満も減った。

ただ、——そんな天がこれまでにない反応を見せたのは、勉強の一環としてヒトの様子を見におはらい町に連れ出したときのこと。

ほとんどの狐たちはヒトと触れ合ったことがなく、人々の賑やかな営みを不思議そうに眺めるものだが、その日の天は奇妙な程に静かだった。

その様子は、仁の目には少し異様に映った。

「天は、ヒトを見るのは初めてじゃないのかい？」

妙な不安を覚えて問いかけると、天はこくりと頷《うなず》く。

「見たことはあるが、こんなに近寄ったことはない。……コレなのか。俺らが真似《まね》させられているのは」

いまひとつ感情の読めない感想だった。ただ、唯一感じ取れるのは、あまり好意的でなさそうな雰囲気。

いっそ、いつものように小馬鹿にしてくれればもっとわかりやすいのにと、仁は思う。

「仁、神々とは、こいつらのために存在するんだったな」

「……まあ、基本的にはそうだね」

「なんか、少しわかった。……ヒトはなんだか煩《うるさ》くて、いかにも軟弱で、すぐに死にそうだ。これでは、さぞかし神々の助けも必要だろう」

「それは言い過ぎだよ。確かに、ほとんどは百年も生きないが……まあ、俺たちと比べることがそもそもおかしい」

「いずれにしろ俺は興味がない。……弱い者は、嫌いだ。見てるとなんかイライラする。……もう戻ろう」

天はそう言うと、くるりと踵《きびす》を返した。

仁はなんだか気がかりで、思わず天の腕を掴《つか》んで引き止める。

「まあ、そう言うな。生が短く、弱いからこそ、必死で生きるヒトが俺は好きだよ。それに、ヒトにかかわらず、弱い者は強い者が守ってやればいいだけの話だ」

「俺は、そういう他人を頼りにする考え方が、あまり好きじゃない」

「とはいえ、結局俺たちだって荼枳尼天に守られているんだから」

「……」

　黙り込んだ天を見て、今の言葉はさらりと聞き流してやるべきだったのかもしれないと、仁は少し後悔した。

　自然の中を孤独に生き、孤独のまま死に、死んでもなお魂になって彷徨う狐には、自身の強さにこだわる者が多い。

　おそらく天にはその性質がとくに色濃く出ているだけなのに、と。

　下唇を噛《か》みしめる天は、今にも、「ならば茶枳尼天の元を出て行く」と言い出しそうで、仁は焦った。

　そして、必死に弁解の言葉を探した、――結果。

「なら、女はどうする。ほとんどの女は俺らよりもずっと弱いが、女にも強くなれと言う気か？　そんな考えでは、お前には女が寄りつかないぞ」

　空気を変えるために無理やり捻《ひね》り出した言葉があまりにも天向きではなく、仁は、言いながらすでに後悔していた。

　天は、想像通りいかにも嫌そうに眉根を寄せる。

「寄り付かなくていい。俺は、女なんて嫌いだ。それに、強い女だっているだろ、茶枳尼天みたいな」

「……特殊すぎるよ」

「だから、俺には必要ないって言ってる。誰かを守る気もない。……もうこの話はやめる！」

ついに、天はフイッと目を逸らして歩きはじめた。

その後を追いながら、仁はやれやれと溜め息をつく。

ただ、その一方で、天が出て行くと言わなかったことにほっとしていた。

同時に、いつの間にか、天に対して思った以上に情が湧《わ》いてしまっていることにも気付いていた。

仁にとっては、天の特徴とも言える、自分の感情に素直で誤魔化しのないところが眩《まぶ》しく見えてならない。

ただ、そういう生き方がどれだけ疲弊するかを、天よりもずっと長く生きている仁は、よく知っていた。

「あらあら、仁様はずいぶんお疲れなのね」

その日の夜、仁は部屋を訪ねてきた女狐たちを招き入れ、荼枳尼天から賜った珍しい酒を呑《の》んでいた。

「体は疲れていないが、こうもじっとしているといろいろと参るよ」

「まあ、……なんだか荼枳尼天様のような台詞《せりふ》」

女狐たちの笑い声を聞いていると、ほっと気が緩んだ。

それだけでなく、華奢でしなやかな手足も、美しく着飾った姿も、仁にとっては目の保養であり、癒しそのものだった。

「……これが理解できないなんて、勿体《もったい》ないことだ」

ふいに天のことを思い出してボソッと呟《つぶや》くと、中でも一番付き合いの長い牡丹《ぼたん》が可笑しそうに笑う。

「あら、誰の話？　ずいぶん長いこと私たちの相手をしてくださらなかったけれど……、子狐に夢中だって話は本当なのかしら」

「夢中って言い方はおかしい。それに、天は見た目程幼くないよ」

「紹介してくださいな」

「してやりたい気持ちは山々だが、……多分、無理だなぁ」

苦笑いすると、牡丹は鮮やかな紅を引いた目を艶《つや》めかしく細めた。

「残念。だけど仁様、あんまり放っておいたら、女狐《おんなのこ》たちにも愛想を尽かされるわよ」

「それは、困るな」

そう言うと、牡丹が仁の手を指先でなぞった。

仁はそれに応えるように牡丹の手を取り、そのあまりの細さに驚く。

「仁様？　……どうしたの？」

「こんなに華奢だったかと……。幼い天よりもまだ細い」

「男の子と比べるなんて、無粋《ぶすい》な人」

わざとらしく手を払われ、周囲の女狐たちがクスクスと笑う。

らしくないことを言ってしまったと、仁は苦笑いを浮かべた。

「いや……、すまない。今日たまたま、女は弱いから嫌いだっていう話を聞いたばかりでね」

「また子狐の話？」

「そうだな。……やめよう」

せっかく楽しく呑んでいるというのに、自分はどうかしている、と。仁は、盃《さかずき》の酒を一気に呷《あお》った。

牡丹は空の盃に酒を注ぎ、仁にしなだれかかる。

「放っておけばいいじゃないの。女が嫌いだなんて、いかにも子供の言うことでしょうに」

「いや、それがなかなか根深そうでね。……というか、その話はもう終わりのはずだろう」

また天のことを考えそうになったけれど、牡丹の甘い香りで一気に吹き飛ぶ。

今日はまたずいぶん甘えてくるものだと、長く放置したことを反省しながら、仁は牡丹の肩を引き寄せた——そのとき。

「おい、仁——」

スパンと音を立てて襖《ふすま》が開き、その場の空気が固まった。

突然現われたのは、天。

仁は頭が真っ白になり、思わず盃を落とす。

しかし、天の方が明らかに驚いていて、仁は慌てて冷静さを繕《つくろ》った。

「天……、声もかけずに戸を開け放つ奴があるか……」

「……」

天は、言葉も出ないといった様子だった。

べつに悪いことをしているつもりはないものの、部屋の中にはなんともいえない気まずさが漂っている。

もちろん、女が嫌いだとハッキリ宣言していた天にとって、着飾った女狐たちが仁に戯れる光景はさぞかし衝撃だろうという自覚もあった。

長く続いた沈黙の後、牡丹が怪しく笑い声を零す。

「まあ、あなたが例の……。よかったら、混ざりなさいな」

「……」

天の眉が、ピクッと震えた。

「ほら、こっちへおいで」

「牡丹、やめなさい……」

楽しげに天を煽《あお》る牡丹を止めると、天はようやく我に返り、思いきり仁を睨みつける。──そして。

「……大変だな。守る女が大勢いて」

子供らしからぬ捨て台詞を吐き、大きな音を立てて襖を閉めた。

しかし、勢い余って隣の襖が大きく開き、牡丹が笑い声を零す。けれど、天はもうなにも言わず、ドタドタと足音を立てながら去っていった。

仁はがっくりと項垂《うなだ》れ、額に手を当てる。

「これは、明日からやり辛いぞ……」

「可愛いわね、荒々しくって」

「……遊ぶなよ。さっきも言ったが、中身はそう子供じゃないんだから……」

「あら、そう？　……だけど、私からすれば、女を一括《ひとくく》りに弱いと思っている時点で、まだまだ子供だけれど」

「……」

牡丹がなにげなく口にした言葉に、正直、仁は少し動揺していた。自分はまだその続きを聞くべきでない気がして、つい口を噤《つぐ》む。

「あらあら、仁様。お酒で着物が濡《ぬ》れてしまっているじゃない」

一方、なにごともなかったかのように仁の着物を拭く牡丹が、これまでとは少し違って見えた。

「……牡丹は、強いのかい？」

こんな細腕で、と。そういうことではないとわかっていながらも思わず尋ねると、牡丹はかすかに笑みを浮かべる。

「さあ。……だけど、美しくなりたいと願うことと、強くありたいと願うことは、私にとって同じだわ」

その言葉は仁にとって、まるで謎《なぞ》かけのように難解だった。

もしかすると、牡丹にとっては自分も天もそう変わらないのかもしれないと、ふと思う。

そして、――この小さな事件がもたらした変化は、仁にとっては意外と大きかった。

「天、荼枳尼天が遣いを頼みたいらしい。これから一緒に部屋に……、おい、なぜ睨む」

「別に」

一番は、仁に対する天の態度が、明確に変わったこと。

ここ半年の付き合いの中、慕われている感覚を確かに覚えていたはずなのに、例の現場を目撃されて以来、天はそんな気配を跡形もなく消し飛ばしていた。

「一人でやるから別にいい」

「そう言うな。二人でやった方が早いだろう」

「いい。仁は遊んでろ」

「……」

なにを言っても完全に突っぱねられてしまい、仁は頭を抱える。

周囲の狐たちからは、意地を張っているだけでいずれは困って泣き言を言ってくるだろうと慰められたけれど、天に限ってそんなことはないと、仁自身が一番わかっていた。

むしろ、図らずも遣いとして独り立ちした天は、仁が手を貸す隙も与えられないくらいに優秀だった。

粗削りであることは否めないけれど、大概のことはあっさりとこなしてしまう。

やがて、天は荼枳尼天からさらに気に入られ、天もまた、次第に荼枳尼天に気を許し、部屋に出入りすることが増えた。

狐たちの中には、荼枳尼天に対して極端に恐縮する者が多いが、天には最初からその気質がない。

むしろ、強い女と聞いて一番に荼枳尼天の名を出すくらいだから、そもそも苦手ではないのだろう。

仁は少し寂《さび》しさを覚えながらも、むしろいい傾向かもしれないと見守っていた。

そんな、ある日。

荼枳尼天の部屋の前を通りかかった仁は、ふいに楽しそうな笑い声を耳にし、思わず立ち止まった。

荼枳尼天が声を上げて笑うことなど滅多になく、悪いと思いつつも、つい聞き耳をたてる。

すると、続けて聞こえてきたのは、天の声だった。

「だって、そうだろ……！」

「煩悩の権化とは、兄弟子に対してなかなか辛辣《しんらつ》だな」

どうやら噂《うわさ》の標的は自分らしいと察し、仁はクラッと眩暈《めまい》を覚えた。

それにしても遠慮のない言い草だと、仁はもはや盗み聞きの罪悪感を忘れ、その場に座り込む。

「あんなにたくさんの女を一度にはべらせてベタベタして、なにが楽しいのか俺には理解不能だ」

「まあ、確かに一見するとクズの所業だな。さぞかし驚いたことだろう」

茶枳尼天もまた、完全に面白がっていて、あまり庇《かば》う気はないらしい。

この調子では、しばらく耳が痛い内容が続くかもしれないと、仁は重い溜め息をついた。

そして、これ以上ダメージを受ける前に立ち去るべきだと、こっそりと立ち上がった、そのとき。

「ただ、なにもかもを否定することもない」

茶枳尼天の声で、仁は動きを止めた。

「……つまり？」

「仁は落ち着いて見えるが、まだまだ子供っぽいところも多く、いろいろと極端なんだよ。もっと大人に、そしてもっと強くなろうとするあまり、弱いと判断したものにやたらと執着する。……放っておけないんだよ。性根が優しすぎて」

その言葉を聞いた瞬間、仁の心がざわついた。

そして、——そうだったのかもしれない、と。他人事のように納得してしまっている自分がいた。

現に、いかにも弱い者を見ると不安になるのは事実だった。

若くして荼枳尼天の一番の遣いとなり、実際に誰かを守ることができるくらいの力を得て、必要以上に気負っていたことも否めない。

「そういえば、前にも女は弱いとか守るとか言っていた気がする。つまり、その結果が、アレってことか」

「できるだけ傍に置くことで、ただ安心したいのだろう。その証拠に、女狐たちの中に仁を悪く言う者などいない。天の目にどう映ったのかはわからぬが、別に見境なく手を出しているわけではないみたいだよ」

「じゃあ、煩悩はナシってことか」

「ナシとは言いきれぬ」

「どっちだ！」

ふたたび、荼枳尼天の笑い声が響く。

ただ、仁はそのとき、仁を優しいと話す荼枳尼天の言葉にわずかな含みを感じていた。

なんだか気になって、仁は固唾《かたず》を飲んで聞き耳を立てる。——すると。

「ただ、——守りたい者が多すぎるのは、危険だ。大勢集まったところで所詮は狐。邪神や妖を相手にするには、限界がある。……あの優しさが、いつか身を亡ぼすような気がしてならない」

荼枳尼天にしては、珍しく不安げな口調だった。

必死に気負った結果、逆に心配をかけてしまっていたらしいと、自分の未熟さを自覚した仁は胸の痛みを覚える。

部屋の中は、しんと静まり返っていた。

しかし、——突如沈黙を切り裂いたのは、天のわざとらしいくらいに大きな溜め息。

「変な奴だな。守ろうとするあまり自分が危ないなんて、身も蓋《ふた》もない」

いかにも天らしい言葉で、部屋から伝わってくる空気がわずかに緩んだ。

荼枳尼天も、やれやれといった様子で笑い声を零《こぼ》す。

「その通りだが、それが仁なのだ。だから天よ、もし仁が危険なときには、お前が助けてやれ」

「俺が？」

そのやり取りを聞いた瞬間、仁の頭に、苦虫を噛み潰《つぶ》したような表情で悪態をつく天の様子が思い浮かんだ。

なぜよりによって天にそんなことを頼むのだろうと、仁は頭を抱える。

しかし、——実際は、想像と少し違っていた。

「……俺には守りたい奴なんていないから、別に、助けてやってもいいよ」

その、予想だにしない返事に、仁は驚く。

茶枳尼天にとっても意外だったのか、わずかな沈黙が流れた。

「ほう。……生意気な」

「あんたが言ったんだろ」

「そうだが、まさかそうくるとは」

「俺の反応で遊ぶな！　俺が仁の歳になる頃には、もっと強くなってるはずだろう。そのくらいは別に容易《たやす》いことだ！」

ぶっきらぼうな言い方だったけれど、正直、仁は少しほっとしていた。すっかり嫌われたと思っていたのに、意外とそうでもないらしいと。

ふと思い返してみれば、天は最初から茶枳尼天に対しても、趣味が理解できないとか着物が面倒だとか散々文句を言いながら、なんだかんだで心を許していた。

考えを巡らせた結果なのか直感なのかはわからないが、天という男は、相手の本質を一度見極めてしまえば、簡単に揺らがないのだろう。

ある意味、自分よりも大人だと、仁は思う。

茶枳尼天も、なんだか満足そうだった。

「ああ、わかった。……だが、強くなりたいなら、やはり守りたい者がいた方がいいな」

「茶枳尼天までそんなことを言うのか」

「事実だよ。まあ、じきにわかる。お前にも、いずれは誰かを守りたいと思う、幸せな瞬間があるだろうから」

「それのどこが幸せなんだ。煩わしいだけだ」

「いや、尊いものだよ。それを知れば、より強くなれる」

「……俺には、想像もできない」

「まあ、今はわからなくてもいい。ただ、お前に名付けた〝天〟という文字は、本来佛《ほとけ》を守る役目を持つ者が名に賜る大切なものだ。……私がそこにどんな願いを込めたか、理解できる日を楽しみにしている。……何百年かかるか知らぬが」

天は、もうなにも言わなかった。

考え込んでいるのか、それとも理解を諦めたのか、表情が見えない仁にはよくわからない。

ただ、会話の内容に影響されてか、仁は無意識に、天の将来の姿を思い浮かべていた。

案外、立派な男になり得るのかもしれない、と。

――

「――というわけで、当時から天の成長が楽しみだなぁって思っていたけど、……こうして改めて思い返してみると、根底にあるものはあまり変わってないかもしれないな。……もちろん、いい意味で」

仁は、なんだか嬉《うれ》しそうにそう語り、思い出話を締めくくった。

芽衣にとって、仁は常に穏やかに笑っているぶん本音を読み取り辛いと思っていたけれど、今ばかりはすべてが表情に表れていて、頬《ほお》が思わず緩む。

「素敵な思い出話でした。それに、天さんと仁さんの絆《きずな》の深さを改めて知れた気がします」

そう言うと、仁は肩をすくめた。

「天は、他人との向き合い方が妙に大人だったからね。……とはいえ、女狐たちと呑んでたところを見られて以来、俺の扱いは杜撰《ずさん》なもんだよ。今日だって、いきなり宝珠を持って来いって呼びつけるんだから、もはや使いっぱしりも同然だ。荼枳尼天よりタチが悪い」

「それは、照れ隠しもあると思いますよ。まあ、まだ幼かった天さんにとって、衝撃的な光景だったことは確かでしょうけど……」

「ただ呑んでいただけなんだが……。まあ、牡丹はただ座ってるだけでも色気が溢れ出るくらい妖艶で綺麗な子だったけど」

「そこですよ、そこ」

苦笑いする芽衣を、仁は可笑しそうに笑う。

「……にしても、今思えば荼枳尼天が付けた天という名は、まるで予言のようだね。ヒトも女も嫌いだってあんなに頑《かたく》なに騒いでたくせに、今じゃ正真正銘の過保護だ。あれほど結界を張り巡らせてもまだ満足しないんだから。昔の天が見たらどんな顔をするか」

からかうような視線を向けられ、芽衣は動揺して目を泳がせた。

「……そ、それは……。で、でも、天さんが守ってくれてるのは私だけじゃないですから！　燦《さん》ちゃんも因幡も、シロのことだって……、それに、仁さんのことも黒塚さんから――」

仁が殺されてしまうはずだった未来を、天は命がけで変えた、と。言いかけて、芽衣は慌てて止めた。

それは、未来が変わった今、仁には心当たりのない過去だからだ。

仁は、不思議そうに首をかしげる。

「黒塚？」

「あ、……いえ、なんでも。今の天さんには、守りたい相手がたくさんいるって話です……」

「そうか。……やはり、予言だね」

追及されなかったことにほっとし、芽衣は胸を撫《な》で下ろす。

ただ、天は、荼枳尼天と交わした「仁が危険なときには、お前が助けてやれ」という約束をきちんと果たしたのに、それを話せないのは少し切なくもあった。

「あの……、天さんは仁さんのこと、すごく大切に思ってますよ」

せめてそれだけは伝わってほしいと、芽衣はどうしようもないもどかしさに駆られて、衝動的にそう口にする。

すると、仁は一瞬ポカンとし、それから堪えられないとばかりに笑った。

「あの……、仁さん……？」

「……ご、ごめん……。いや、……ほんと、よかったなって思って。芽衣みたいな子が傍にいてくれて」

「えっと……？」

「君も天に負けず劣らずまっすぐだなってね。天はさぞかし〝誰かを守りたいと思う幸せな瞬間〟を、実感していることだろう。……あえて問い詰めてみたいよ、どんな顔をするか」

「……仁さん、そういうところですよ」

懲《こ》りない人だと、芽衣はやれやれと溜め息をつく。

すると、そのとき。

「――おい、勝手に連れて行くな！」

背後から現れた気配に振り返ると、天が焦りを隠しもせずに駆け寄ってきた。

「やあ天、思ったより遅かったね」

仁は余裕の態度で、天にひらひらと手を振ってみせる。

天はさも不満げに眉をピクッと動かし、芽衣の手を引いた。

「こんな強い結界張られて、簡単に見付けられるか！　……芽衣、こいつになにされた」

「こら、なにかされた前提で話を進めるのはやめなさい」

「お前は昔から信用ならない」

「ひどいな、天のために駆けつけたのに」

「天さん、私はなにも……！　話を聞かせてもらっただけです……！」

慌てて二人に割って入ったものの、言葉とは裏腹に楽しそうな仁の表情を見て、芽衣は余計だったと察する。

天はそんな仁に遠慮なく舌打ちをお見舞いし、芽衣の腕を引いたままやおよろずへ向けて歩きだした。

「油断も隙もない」

「なにも言わずに出てきちゃってすみません！　仁さんや天さんの昔の話を聞かせてくれるって言われて、つい……。だけど、本当に心配かけるようなことは……！」

「当たり前だ」

天もまた、口では信用できないと言っていても、本気で疑ってはいないらしい。一見すると不思議な関係性だが、つまり素直じゃないのだろう。天はともかく、おそらく仁も。

過去の話を聞いて二人のことが少し理解できた芽衣は、なんだか微笑ましくて仕方がなかった。

「なにを笑ってる」

「笑ってなんて……」

「笑ってるだろ。というか、過去の話ってなんだ。あいつからなにを聞いた」

「……そ、それは内緒です……。ただ、お話を聞いて、天さんの名前、ぴったりだなって思いました」

「……」

文句を言われるかと思ったけれど、天は、なにも言わなかった。ただ、ほんの一瞬、握られた手に力が込められた気がした。

なにを思い出しているのだろう、と。

想像すると、なんだか優しい気持ちが込み上げてくる。

「……とにかく、さっさと終わらせる。あいつにあまり長く滞在されると、余計なことを言われかねないからな」

「でも、仁さんから少し聞きましたけど、結界って実は難しいんでしょう？」

「別にそんなことはない。単純に、今は手を抜けないってだけだ」

さらりと言われたそのひと言が、芽衣の心に響く。

最近の天は、過保護であることを隠そうともしない。きっと、そんな余裕すら持てないくらいに、守りたい気持ちが強いのだと、芽衣はそう理解していた。

もちろん芽衣のことだけではなく、やおよろずも、やおよろずに集う者たちも、自分が置かれている環境も。

それは芽衣にとっても同じで、だからこそ芽衣には、弱い者が嫌いだと口にした、まだ幼い天の気持ちがなんとなくわかっていた。

天はきっと、弱い者が嫌いなのではなく、失うのが怖かったのだと。

そして、当時の天には弱い者を守れる程の力がなく、嫌いだと拒絶する他なかったのではないかと。

そんな天にとって、茶枳尼天や仁という存在は、失うことを怖がらずに安心して一緒にいられる、初めてできた大切な存在だったのかもしれない。

「……本当は、私だって自分のことくらい守れるようになれたらって思ってるんですけどね……」

突如、天に気苦労ばかりかける自分のふがいなさが身に染みて、芽衣はそう呟いた。

「なんだ急に」

「いえ……、もっと安心してもらえる方法はないのかなって。冷静に考えたら、私は弱いくせに猪突猛進《ちょとつもうしん》で……」

「ずいぶん今さらだな」

声は呆《あき》れていたけれど、向けられた視線は驚く程に優しかった。天は芽衣の腕をきゅっと引き寄せ、髪にそっと触れる。

「そういう気苦労はとっくに諦めてる。……だから、お前はいつも通りぼーっとしてろ」

「ぼーっとなんて……」

「思うままに生きればいい。それに、お前がいつも強引に突き進む方向は、だいたい正しいからな」

それは、芽衣にとってはこれ以上ないくらいの信頼の言葉だった。

そして、仁がたびたび口にする、天は変わったという言葉に改めて納得していた。

天はきっと、さまざまな強さを得たのだろう。力や能力はもちろんのこと、弱いとわかっていて遠ざけることなく寄り添える強さも。

芽衣は、衝動的に天の手を強く握り返す。

そして、伝わる体温ごと握りしめながら、天が過ごしてきた途方もない時間を、心から愛しく思った。

第一章 父子《おやこ》の絆と、盟酒《うけいざけ》の導き

「――ほう、蕪《かぶ》か。いい選択だ。今植えておけば、春には育つ」

冬も真っ盛りのある日。

芽衣が畑で春に収獲するための野菜を植えていると、背後から、聞き覚えのある声が響いた。

驚いて振り返ると、立っていたのは、ずいぶん懐かしい姿。

「やあ、芽衣。元気かい？」

それは、高倉下《たかくらじ》。

高倉下とは、やおよろずの常連の一人だ。

はるか昔、神武天皇《じんむてんのう》の東征に同行した手練《てだ》れの武神として有名だが、実は農業にも精通している。

前にやおよろずにやってきたときには、野菜作りのことをいろいろ教えてもらった。

因幡《いなば》が高倉下から猛毒を封印した豆を盗んだせいで、やおよろずの客を巻き込む大変な事件が起こったことも、まだ記憶に新しい。

　高倉下は相変わらず気さくな笑みを浮かべ、芽衣の横に並んで畑を眺めた。

「そういえば、初めて会ったときも畑だったな」

「そうでしたね！　なんだか懐かしいです。また来てくださって、ありがとうございます……！」

「私も、芽衣はどうしているだろうとときどき考えていたから、会えて嬉しいよ」

　優しい高倉下の言葉に、芽衣の頬はつい緩む。――しかし、そのときふいに疑問を覚えた。

「……あれ？　……っていうか……、高倉下様、ご予約をいただいてたってことですよね……？」

「うん？」

「す、すみません！　こんなところでお出迎えしてしまって……！　すぐにお部屋にご案内を……」

　芽衣は、慌てて頭を下げる。予約帳なら今朝見たはずだったけれど、どうやら見落としてしまったらしいと。

しかし、高倉下は慌てて首を横に振った。

「いや、謝らないでくれ。今日は泊まりにきたわけではない。……というのも、天と芽衣に少々複雑な用があるんだ」

「え？　……私にもですか？」

「ああ。天照大御神《あまてらすおおみかみ》からは、まだなにも聞いてないかい？」

「天照大御神様……、ってことは」

途端に芽衣の頭を過《よぎ》る、ひとつの予感。

天照大御神が関わっているとなると、思い当たることはそう多くない。

「もしかして、お困りごとですか？」

そう口にすると、高倉下は満足そうに笑った。

「勘がいいな。……実は天照大御神に困りごとを相談したところ、芽衣に相談せよと。そうすれば、芽衣のためにもなると聞いてね」

高倉下の言う通り、ヒトではなくなりかけている芽衣の体は、神々の困りごとを解決することで抗《あらが》うことができる。

芽衣は、すべての発端となった指先の切り傷をきゅっと握り込んだ。

「その通りです！　実は、前にお会いしたときから、本当にいろいろなことがありまして……」

「ある程度は察しているよ。まさか天照大御神から芽衣の名前が出るとは思わず、面食らったけれど。ただ、久しぶりに顔を見て少し納得した。以前の芽衣はまるで迷い込んだ小動物のようだったが、今やすっかり馴染んでいる」

「本当ですか……？」

高倉下の言葉は、ここを居場所にしたいと願う芽衣にとって素直に嬉しかった。

高倉下は優しく微笑み、頷く。——そのとき。

「高倉下」

天が畑に顔を出した。

勘のいい天はすでにいろいろ察しているのか、高倉下を見てもとくに驚く様子はない。

「やあ、天」

「とりあえず、話は中で聞く。……芽衣、部屋の準備を」

「はい！　高倉下様、どうぞこちらへ」

芽衣は言われた通り、高倉下を客室へ案内した。高倉下は部屋に入るやいなや、一振りの剣《つるぎ》を芽衣たちの前に掲げる。

その剣には、見覚えがあった。

「それって、以前にも見せていただいた、東征のときに神武天皇様をお守りしたっていう剣ですよね……？」

「ああ、布都御魂剣《ふつみたまのつるぎ》だ」

布都御魂剣には、剣に詳しくない芽衣ですら、いかに特別なものなのか一目でわかる程の存在感がある。

ただ、久しぶりに目にした芽衣は、わずかな違和感を覚えた。

「あれ……？　前に見せていただいたときとは、少し違いませんか……？　もっとキラキラしていたような……」

芽衣の記憶の中での布都御魂剣は、直視できない程の光に包まれていたし、まるで生き物のような鼓動すら感じられた。

しかし、今は、その面影はない。

すると、高倉下は頷き、布都御魂剣を鞘《さや》から抜いてみせた。

「……少し、刃こぼれしてるな」

そう口にしたのは、天。

よく見てみると、確かに欠けている箇所があった。

「大変……、この剣は高倉下様にとってすごく大切なものですよね……？」

「その通りだ。これは邪《よこしま》なものを浄化する唯一無二の名刀であり、まさに私の半身のような存在。これと一緒でなければ切り抜けられなかった困難が、過去にいくつも思い当たる。……しかし、少々働かせすぎたのかもしれないな。ついに、刃がこぼれてしまった」

「それって、どうにもならないんですか……？」

「いや、そんなことはない。打ち直すことはできる……のだが」

意味深に濁らせた語尾に、芽衣は首をかしげる。

すると、高倉下は剣を鞘に戻しながら、溜め息をついた。

「布都御魂剣を作ったのは、天之御蔭《あめのみかげ》という鍛冶《かじ》の神だ」

「アメノミカゲ様、ですか」

「ああ。……他の鍛冶師では到底扱うことができぬだろうと思い、頼みに行ったのだが、アメノミカゲはすでに鍛冶から手を引いていた。ただ、その技術のすべては、子神である意富伊我都《おういがつ》に受け継いだと」

「そのオウイガツ様にお願いするわけにはいかないんですか……？」

「アメノミカゲが認め、すべてを譲った者に不足はない。私ももちろんそう伝えた。

……ただ、無理なのだ」

「無理……って」

「オウイガツは、――消えかけている」

芽衣の心臓が、ドクンと大きく鼓動した。

部屋の中は、たちまち不穏な空気に包まれる。

「消えるって、どういうことですか……？」

「わからぬ。……ただただ姿が薄くなり、今や剣に触れることもできず、私の声も届かない」

つまり、比喩《ひゆ》ではなく、存在自体が物理的に消えかけているらしい。

それを聞き、芽衣は、自分の体が消えかけてしまったときのことを思い出した。

あのときは、ヒトである芽衣が神の世に長く滞在したことが原因だった。

いてはならない存在として消滅しかけていたけれど、黄泉比良坂《よもつひらさか》で大神実命《おおかむづみのみこと》から桃の実を賜ったことで、なんとか元に戻ることができた。

しかし、今消えかけているのは、元から神の世に存在するオウイガツ。

あまり参考になりそうになく、芽衣は頭を抱える。――そのとき。

「……その問題を解決しろというのが、今回の依頼だな」

天の言葉で、芽衣は高倉下の「困りごと」を察した。

高倉下は、深く頷く。

「そういうことだ。布都御魂剣のことはもちろんだが、消えかけたオウイガツを救いたい。もちろん、もはやまともに会話ができないくらいに塞《ふさ》ぎ込んでいる、アメノミカゲのことも」

「アメノミカゲ様も、さぞかしお辛いでしょうね……」

「息子としても後継者としても、オウイガツはアメノミカゲのすべてだ。どうか原因を突き止め、救ってやってほしい。……ずいぶん無茶な頼みだという自覚はあるが、天照大御神が言うには、芽衣ならばあるいは解決できるかもしれぬと。聞けば、もう何度も神々の助けになってきたとか」

「そ、そんな……、運がよかっただけというか……、ほとんど天さんのお陰ですし……」

「いや、天照大御神は高く評価されていた。そして、芽衣が言うように、天との信頼関係あってこその賜物だとも。……だから、私は二人に頼みたい」

まっすぐに見つめられ、芽衣は瞳を揺らす。

正直、改めて頼まれなくとも、困りごとだと聞いたときから芽衣の答えは決まっていた。

ちらりと天に視線を向けると、天は静かに頷く。

「俺は、お前が決めたことに従う」

「天さん……」

悩むそぶりすら見せずにそう言う天が、とても頼もしく感じられた。そうなれば、芽衣にはもはや迷う余地はない。

もちろん不安はあるけれど、覚悟なら指に奇妙な傷が付いた瞬間からとうに決まっている。

「私にできるかわかりませんが、是非やらせてください……！」

そう言うと、高倉下はほっと息をついた。

「そうか、それは助かる。……しかし、芽衣はずいぶん逞《たくま》しくなったものだ」

「そんなこと……。必要に迫られて、いろいろと無茶してきたので、多少は慣れたかもしれませんが……」

「それはまた、天には頭の痛そうな発言だ」

高倉下は天の気苦労を察してか、苦笑いを浮かべる。

しかし、天は平然と首を横に振った。

「俺は、もう慣れた。それに、目的が同じだから仕方がない」

その言葉は、芽衣にとって殺し文句だった。なんだか気恥ずかしく、頬が熱を上げる。

「そ、それで……、なにか、手がかりになりそうなこと、なかったですか……？　オウイガツ様の様子で、他に気になったこととか……」

芽衣は動揺を誤魔化すために、強引に話を元に戻した。

すると、高倉下は腕を組んで考え込む。

「他に気になったこと、か。あの二人とは、これまでに何度も顔を合わせているが……、とくにおかしなことは……」

「そうですか……」

「ただ……、あえて言うなら、少し奇妙な香りがしたな」

「香り？」

「あまり馴染みのない、やけに甘い香りだ。さして意味のないことかもしれぬが、私が訪ねたのは鍛冶場。少し不自然に感じたことを覚えている」

確かに、男性二人の鍛冶場で甘い香りがするというのは、少し違和感があった。

「甘い香りって聞くと、つい最初に黒塚さんのことを思い浮かべてしまいますけど、さすがに違いますよね……？」

芽衣は、まさかと思いながらも、天の反応を窺《うかが》う。

しかし、その問いに答えたのは、天ではなかった。

「あら芽衣さん、私を疑うなんて、酷いじゃないの」

驚いて振り返ると、戸の隙間から覗き込む黒塚と目が合う。

「黒塚さん……！」

「……おい、盗み聞きするな」

天が注意したものの、黒塚はそれをサラリと無視して遠慮なく部屋の中へ足を踏み入れた。

そして、さも当たり前のように天の横に座る。

「だって、アメノミカゲ様のお話が聞こえたものだから。アメノミカゲ様といえば、有名な美男。女なら、興味を持って当然だわ」

「全然言い訳になってないですよ……」

「あら、芽衣さんは気にならないの？　美しい容姿を持ちながらも、根っからの職人気質で頭の中は仕事のことばかり。数々の女たちが誘惑してきたけれど、奥様以外の女には一度も靡《なび》かなかったとか。あの一途な思いを受けてみたいと思う女は、数知れずいるのに」

「奥様に一途なのは素敵だと思いますけど、気にはなりません……」

「あら憎たらしい」

黒塚は芽衣と天をわざとらしく見比べ、袖《そで》で口を覆ってクスクスと笑った。

「とにかく、出て行ってください……。今、すごく大切な話をして――」

「――似ているな」

「え?」

突如、言葉を挟んだのは高倉下。

高倉下は黒塚をまじまじと見つめる。

「あら。お知り合いに私のような女が?」

「いや、違う。似ているとは、お前から漂う香りのことだ」

そう言われ、芽衣はアメノミカゲの鍛冶場に漂っていたという、甘い香りの話を思い出した。

途端に嫌な予感が過り、黒塚を見つめる。

「黒塚さん、まさかアメノミカゲ様のところへ行ったりしてませんよね……?」

しかし、驚く黒塚よりも先に、高倉下が首を横に振った。

「似ているとは言ったが、同じではない。……ただ、このような甘い香りだった。もっとずっと濃密な……」

「あらあら。この甘い香りは、男性を靡かせる特殊なまじないによって生まれるものなのに。……さては、アメノミカゲ様は誰かに誘惑されているのかしら」

「誘惑……？」

それは、少し気になる言葉だった。

黒塚の言葉通りなら、異変が起こったタイミングで、アメノミカゲの元に訪問者があった可能性が高い。

それも、おそらく鍛冶場には無縁の、誘惑の香りを漂わせる女だ。——しかし。

「だとしても、オウイガツに起きた異変と繋《つな》げるのは少し尚早だろう。黒塚が知る程の美男なら、訪問する女がいても不思議じゃない」

まさに、天の言う通りだった。

アメノミカゲを誘惑しようと目論む女がいたとして、オウイガツに危害を加える理由がわからない。

その上、徐々に姿が消えてしまうという、神様たちですら原因がわからないような現象が起こっている。

「ですけど、関わっている可能性もゼロではないですし、その訪問者の正体は知りたいですね」

「そうだな。……まずは、アメノミカゲの話を聞きにいくか」

ひとまず、怪しいものを片っ端から調べるしかないと、芽衣は天の提案に頷いた。

しかし、高倉下は難しい顔をして、首を横に振る。

「芽衣よ、さっきも言ったように、アメノミカゲは日に日に消えゆくオウイガツに寄り添い、ただ嘆いている。もはや、誰の言葉も耳に入っていないようだ」

「ですけど……、原因を突き止めるためですし、協力してくださるんじゃ……」

「天照大御神ですらどうにもできぬと知った時点で、すべてを諦めている。それに……、あれは頭が堅い。言い難いことだが、ヒトである芽衣に頼るとは思えぬ」

「でも、そんなことを言ってる場合では……！」

「その通りだが、……おそらく、無駄足になる」

「そんな……」

ここまで言い切られると、確かにあまり期待はできなかった。

確かに、芽衣はこれまでの数々の出会いや経験によって、神様たちにはいっそ不器用だと思えるくらい頑なな面があることをよく知っている。

ただ、オウイガツはもちろん、アメノミカゲとすら連携が取れないというのは、大きな痛手だった。

部屋は、しんと静まり返る。

するとそのとき、黒塚が口を開いた。

「とはいえ、芽衣さん。女遊びなんてしない御方に、香りの主を思い出してほしいなんてそもそも無理な話。天様が言うように、アメノミカゲ様を誘惑しようと訪ねてくる女なんていくらでもいるのよ」

「それは……」

「いずれにしろ、他の方法を考えた方がいいわね」

黒塚の意見はもっともで、芽衣は黙り込む。すると、黒塚は妖艶な笑みを浮かべ、芽衣の耳元に唇を寄せた。

「……ねえ、芽衣さん。もし上手くいってアメノミカゲ様に感謝されるようなことがあったら、私のことも紹介して頂戴《ちょうだい》ね」

「ちょっ……、やめてください……！」

背筋がゾワッとして飛び退くと、黒塚はクスクスと笑う。そして、いちいち艶めかしい動作で立ち上がった。

「それじゃ……、せいぜい頑張ってね」

黒塚が部屋を出た後、芽衣はぐったりと脱力する。

正直、挑発的な言い方にも謎のいたずらにもうんざりだけれど、ただ、甘い香りについての情報を得られたことは大きかった。

黒塚はいつも、遠回しながらもなんだかんだで助け船をくれる。

ただ、それでもまだまだ核心には触れられそうになく、現時点では動きようがなかった。

「とりあえず、ここで考えていてもなにも解決にはならない。一旦解散して、地道に情報を集めるしかないな」

天も同じ考えだったらしく、そう言って立ち上がる。

「そうですね……。なら、私は因幡からも話を聞いてみます。あの子、結構いろんなことを知ってるし」

「なら、俺は仁に聞きにいく。……高倉下は忙しいだろう、この件は、ひとまず俺たちが預かる」

「ありがとう。もし私にできることがあるなら、なんでも言ってくれ」

こうして、芽衣たちは手がかりのほとんどない難解な事件に挑むことになった。

「因幡……、どうしていないの……」

挑むことになった、とはいえ。

その日に限って因幡が捕まらず、散々歩き回った芽衣は、すっかり途方に暮れていた。

いつもは邪魔ばかりするくせにと心の中で不満を呟きながら、ふたたび庭をぐるりと一周したものの、やはり姿はない。

最後に畑に行きつき、芽衣は一旦休憩しようと植えたばかりのカブの畝《うね》の前に腰を下ろした。

土の香りがふわりと漂い、その心地よさに、焦っていた気持ちがわずかに和らぐ。

芽衣はその空気を胸いっぱいに吸い込み、ふと、天のことを思った。

天はといえば、あの後やおよろずを燦に任せ、仁のところへ向かった。

見送りながら、ゆっくりしてきてくださいと伝えた芽衣に、天はいかにも嫌そうな表情を浮かべて「一瞬で戻る」と言った。

仁にからかわれる天の様子を想像すると、思わず頬が緩む。

「天さん、本当によかったな……。こうしてまた仁さんに会えるようになって」

つい零れるひとり言。

本来の歴史ならば、仁は黒塚に殺され、もう存在しないはずだった。

過去を変えたことで未来が変化し、仁との再会が叶ったときの天の表情は、今も忘れられない。

いつも通りからかう仁を平然とあしらってはいたけれど、いろいろな感情を必死に押し殺す心中が、見ている方が苦しくなるくらいに伝わってきた。

当時の芽衣は仁のことをほとんど知らなかったけれど、二人の絆の深さを知っている今は、そのときの天の喜びがこれまで以上にリアルに想像できる。

本当は、抱き着きたいくらいに嬉しかっただろう。本当の兄弟のような二人を見るたびに、過去を変えてよかったとしみじみ思う。

そして、その一件こそ、芽衣が神の世に迷い込んで以来、もっとも不思議に感じた出来事のひとつだった。

神の世にいると、芽衣の常識では理解できないことが次々と起こり、ときどき麻痺《まひ》してしまいそうになる。

「それにしても、本来は失われたはずの命が当たり前にあるって、何度考えてもすごいな……。実際に仁さんに会ってなかったら、たとえ神の世にいても信じられなかったかも……」

誰に宛てたわけでもない感想が、静かな庭に響いた。

そのとき、――ふと、芽衣は小さな違和感を覚える。

――失われたはずの、命……。

たった今自分で口にした言葉が、妙に引っかかっていた。

芽衣はその違和感の正体に、ゆっくりと考えを巡らせる。――そして。

「――ってことは、逆も……」

思い当たったのは、仁とは逆の可能性。

過去を変えることで存在できる命があるならば、逆に失われてしまう命もあるのではないかという仮説だった。

――もし、誰かが過去に行って、オウイガツ様の存在が消えてしまうようななにかをしたんだとしたら……。

それはただの思い付きだったけれど、芽衣は、核心に触れているような、確かな手応えを覚えていた。

ただし、過去と現在を行き来するには、月読尊《つくよみのみこと》が持つ特別な力が必要となる。

とはいえ、ツクヨミが自ら過去に干渉することは絶対にないし、他の誰かに干渉させたことも、黒塚の一件以外にないと本人が語っていた。

「だとすると、過去と現在を行き来できる神様が、ツクヨミ様の他にもいらっしゃるとか……」

もしそうだとすれば、芽衣の予想の信ぴょう性は上がる。

とはいえ、八百万《やおよろず》の神々の中から同じ力を持つ神を探すなんて、想像しただけで気が遠くなる話だった。

芽衣は途方に暮れ、空を仰ぐ。――そのとき。

「――いや、そんな話は聞いたことがない」

ひとり言に返事をされ、芽衣は驚き辺りを見渡した。

すると、畝の向かい側から芽衣をじっと見つめる因幡と目が合う。

「因幡……！」

「ずいぶん前からここでお前を見ていたが、まさか声をかけるまで気付かぬとは。ヒトの寿命は短いくせに、そんなに時間を浪費していて大丈夫か」

早速いつものように皮肉を言われたものの、芽衣は、そんなことを気にしている場合ではなかった。

「ねえ、今言ってたこと本当？」

因幡は身を乗り出す芽衣を訝《いぶか》しみながら、こくりと頷く。

「な、なんだその尋常じゃない食いつきは。……過去と現在を行き来できる神の話なら、本当だ。そんな特殊な力を持つ者が大勢いては、世の中が狂ってしまう」

「確かに……。じゃ、やっぱハズレか……」

過去へ行けるのがツクヨミだけならば、芽衣の予想は否定せざるを得なかった。

けれど、その一方で、まだ納得しきれない自分がいた。

そもそも、ツクヨミが無関係だというのも、芽衣の思い込みでしかない。

現に、黒塚のときのような例外もあったのだから、まったく可能性がないと考えるのは少し早すぎる気がした。

「……ああ、もう……、考えたってわかんないから、私、ツクヨミ様に直接聞いてみる……！」

いっそ聞いた方が早いと、芽衣は勢い任せに屋根の上を目指す。――しかし。

「おい待て！　ツクヨミに会えるとすれば、満月か新月の夜だけだろう……！　満月までは、まだ三日あるぞ！」

因幡に止められ、芽衣はその重要な事実を思い出した。

そもそも、ツクヨミとは神々すらも滅多に出会わないという幻のような神で、唯一姿を現すのは満月と新月の夜のみ。

どういうわけか気にかけてもらっている芽衣はこれまでに二度会っているが、思えばどちらも満月の夜だった。

月すら出ていない夕方に屋根に上がったところで、出会える可能性はない。

「そうだった……」

「いい加減、勢いだけで生きるのをやめろ！　一緒に考えてやるから、とにかく順を追って話せ！」

因幡に諭され、芽衣はようやく冷静さを取り戻す。そして、改めて因幡にことの経緯を話した。

しかし、――芽衣の話を聞き終えた因幡の反応は、ある意味予想通りだった。

「過去を変えたという予想は斬新《ざんしん》だが、ツクヨミが関わっている可能性など、俺からすれば無に等しい。誰かに手を貸して過去を変えさせるなんて、いっそ気がふれたとしか思えぬ。過去と現在を行き来する力とは、なんにも干渉しない者が持つからこそ成立するものだろう」

「それは……、まあ、そうなんだけど……」

「残念ながら、芽衣の予想ははずれているな」

はっきりと言い切られ、芽衣は口ごもった。

そもそも因幡は、以前に芽衣と天が過去を変えた事実を知らない。混乱させるだけだと思い、あえて言わなかった。

過去を変えたことで仁は今も生き、燦も黒塚に捕まることなく、おまけにその黒塚はやおよろずに食客《しょっきゃく》していているなんて、いくら因幡でも冷静に聞いてはいられないだろうと。

とはいえ、その話題に触れずに話を進めるのはいくらなんでも難しい。いっそ話すべきかと考えはじめた、そのとき。

「いや、……待てよ」

ふいに、因幡の長い髭《ひげ》がピクリと動いた。

「どうしたの……？」

「芽衣よ、猩猩《しょうじょう》を知っているか？」

「ショウジョウ……？　なにそれ……」

それは、まったく聞き覚えのない響きだった。

因幡はポカンとする芽衣に満足そうな笑みを浮かべ、さも得意げに耳をぴんと立てる。

「まあ、お前が知るはずはないな。……それこそ滅多に姿を晒《さら》すことのない、特殊な存在なのだから。奴の存在が思い付く者など、博識な俺くらいだろう」

「えっと、神様なの？　それとも妖……？」

「どちらでもない。あえて言うなら、全身を美しい赤毛で覆われた、猿だ。お前も〝ショウジョウエビ〟という真っ赤な海老《えび》を知っているだろう？　アレの名の由来でもある。他にも猩猩が由来となった美しい生き物は、数々いるのだ」

「そうなんだ……。つまり天さんや因幡みたいに、動物の化身ってこと？」

「いや、それも違う。何者とも違う唯一無二だ。ヒトであるお前に説明するのは難しいが、猩猩は、最初から猩猩として存在する。あえて言うなら、精霊に近いかもしれぬ」

「よくわかんないけど……、その猩猩が、この話とどう関係あるの？」

芽衣には、因幡が言おうとしていることがまったくわからなかった。

すると、因幡はにやりと笑う。

「猩猩は、自らが立てる音も、気配すらも、すべてを消して動く特殊な術を使う。風のように身軽であり、猩猩が通れぬ場所など存在しないという話だ。それこそ、――ツクヨミにくっついて過去に渡ることすら、できるかもしれぬ」

「え……？　それって……」

「──その話、俺にも聞かせろ」

そのとき、天が畑に顔を出した。

思ったよりもずっと早い帰りに、芽衣は思わず駆け寄る。

「お帰りなさい！　仁さん、どうでした？」

「ああ、体が消える現象に関しては、聞いたこともないと言っていたが……、ただ、オウイガツの母神、つまりアメノミカゲの妻である道主日女命《みちぬしひめのみこと》のことで、気になる話を少し聞いた」

「ミチヌシヒメ様、ですか」

「播磨《はりま》に祭られる稲作の神だ。……とりあえず、中に入って猩猩の件も含め話を整理するぞ」

「はい……！」

どうやら、天にもなんらかの収獲があったらしい。芽衣ははやる気持ちを抑えきれず、因幡を抱え上げてやおよろずへ戻った。

芽衣たちが集まったのは、厨房《ちゅうぼう》のカウンター。

燦は料理の仕込み中だったけれど、どんな些細《ささい》な情報でも欲しい今は、燦にも一応耳に入れてもらおうと思い、あえてそこを選んだ。

「――というわけで、私は、誰かが過去を変えたんじゃないかなって考えたんです。……それで、もしこっそり過去に行ける者がいるとするなら、猩猩だけじゃないかって、因幡が」

最初に話したのは、オウイガツが消えかけている原因は、誰かが過去を変えたせいではないかという芽衣の予想。

天は、その予想に概《おおむ》ね同意した。存在が消えかけてるという奇妙な現象の原因としては、一番納得感があると。

そして、続けて天が語ったのは、仁から聞いてきたという、オウイガツが生まれたときの出来事だった。

「仁が話していたのは、オウイガツの出生についてだ。ミチヌシヒメはオウイガツを身籠り、生んでしばらく経ってもなお、身近な者にまで、父親は不明だと語っていたという」

「え？　アメノミカゲ様が父親だってこと、最初はわかってなかったってことですか……？　そんなことって……」

「そんなに異常なことじゃない。そもそも父親などおらず、爪先《つまさき》や髪から生まれる神もいる。……ただ、オウイガツは、ミチヌシヒメの持つ稲作の才をまったく持っていなかったという。ミチヌシヒメの体の一部から生まれた神ならば、そんなことはあり得ない」

「なるほど……」

神の世でのことをヒトの感覚で聞くのは不毛だと思っていながらも、芽衣にとっては、いまだに理解が及ばないことが多い。

曖昧《あいまい》に頷くと、天はさらに話を続ける。

「オウイガツに稲作の才がないという事実は、播磨の末永い繁栄を願う周囲の者たちにとっては、正直、期待外れだっただろう。せっかく御子神《みこがみ》が誕生したのに、ミチヌシヒメのように田を守ることはできないからな」

「そんな……、ちょっと勝手じゃないですか……?」

「仕方ない。長い繁栄を願う者たちにとって後継者は重要な問題だ。……結果、周囲の者たちが結託し、オウイガツの父親を捜そうということになった。正式に夫婦となり、今度は稲作の才を持つ御子神を生んでもらおうと考えたんだろう」

そこまで聞いて、芽衣は思わず溜め息をつく。

周囲が必死になるのもわかるけれど、オウイガツの気持ちを考えると居たたまれなかった。

「……で、結局は、アメノミカゲ様が父親だって判明したんですよね……？　どうやって……？」

「盟酒《うけいざけ》だ」

「盟酒？　……お酒ですか？」

「ああ。ミチヌシヒメが作った米を使って醸造した、もっとも特別な酒らしい。たった一度しか作ることができず、その代わりに強い力が宿るという。……オウイガツにその酒を持たせ、父に渡すよう伝えたところ、盟酒の導きによってアメノミカゲの元へ運んだとか」

「……なんだか、すごい話ですね」

「確かに奇想天外な話ではあるが、オウイガツの父親がしばらく不明だったことも、盟酒が一役買ったことも事実だ。その結果、二人は今、父子として存在している。……つまり、盟酒がなければ、二人は永遠に繋がり得なかった可能性もある」

「確かに、そうなりますね……。盟酒がなかったら……か」

その話は、芽衣には少し怖ろしく感じられた。

いくら特別な酒だと言われたところで、そんな些細なことで親子の運命が変化するなんて、と。

するとそのとき、ふいに燦が口を開く。

「芽衣。盟酒のことなら、私も豊受大御神《とようけのおおみかみ》様から聞いたことがある。すごく特別な力が宿るお酒だって言ってた。今も幻のお酒として語り継がれていて、とくにお酒の席では神様たちの間でよく話題に上がるみたい。みんな、一度でいいから呑んでみたいって話すんだって」

「そんなに有名なの……？」

あまり酒を飲まない芽衣にはピンとこなかったけれど、どうやら、盟酒とは、想像していたよりもずっと知られているらしい。

「一度でいいから呑んでみたい、か……」

「絶対に手に入れられないからこそ、憧れの象徴なのかも」

「なるほど……。ちょっとわかる気がする。私だって、一生に一度でいいから松茸《まつたけ》を食べてみたいってよく言ってたし」

「……絶対に手に入れられないものの譬《たと》えが松茸とは、お前は予想を裏切らない哀れな女だな……」

「うるさいな。盗み食いばかりしてる因幡にだけは言われたくないよ」

言い返すと、因幡は小馬鹿にした笑みを浮かべた。

腹は立つけれど、今はこれ以上相手にしていられないと、芽衣は因幡に背を向ける。

――しかし。

「待てよ。……そういえば、猩猩は確か、無類の酒好きだな……」

「え……？」

因幡があまりにサラリと口にしたその言葉に、芽衣は思わず振り返った。

天や燦の視線も、因幡に集中する。

「もうそれ、犯人は絶対猩猩でしょ……」

芽衣は、なかば無意識にそう呟いていた。

それは無理もなく、過去に行くことができ、おまけに酒が好きだと聞いてしまえば、無関係だと考える方が逆に難しい。

つまり、盟酒の存在を知った猩猩が過去に行って盗みを働いたことで、オウイガツの父親を知る手段が失われ、未来が変わってしまったのではないかと芽衣は考えていた。

しかし、因幡は首を横に振る。

「おい待て、先走るな……。そうはいっても、猩猩とはそんな悪知恵が働くような奴ではないのだ。特殊な力を持っているといっても知恵はなく、頭の中は野生の動物とそう変わらぬ。過去に行って酒を盗もうなんて、思いつくものか。だいたい、猩猩が大昔の盟酒の存在を、どうやって知るというのだ」

その言葉で、芽衣はふたたび肩を落とした。

一気に真相に近付けたと思ったのに、やはり、そう簡単にはいかないらしいと。

――しかし。

「もし、――そそのかされて利用されたとしたら？」

天の言葉で、全員が顔を上げる。

「そそのかす……？」

「特殊な力を持ちながら、頭の中が動物と変わらないとなると、利用するには好都合だろう」

「それは……、一理ある」

今度は、因幡もなにも言わなかった。

しかし、もし天の言う通りだったなら、他に黒幕が存在するということになる。

たちまち、芽衣の心に不安が広がった。

猩猩の仕業ならば、ちょっとしたいたずらとして考えることもできたのに、利用した者がいると考えた途端、すべてが不穏さを帯びる。

するると、因幡が首を捻った。

「とはいえ、そこまでする目的がいまひとつわからぬ。アメノミカゲとミチヌシヒメが夫婦となることを邪魔したいのか、またはオウイガツの存在を消してしまいたいのか……」

「ちょっと待って、因幡。たとえ父親がわからなくても、オウイガツ様の存在が消えるのは変じゃない……？　すでにお生まれになってるわけだし」

「確かにその通りだが、父神が判明するか否かによって、オウイガツの過去はまったく別のものになる。というのも、あるべき未来でのオウイガツは、鍛冶師となってアメノミカゲと運命を共にしているはずだからな。……一方、播磨の繁栄を願う者たちは、稲作の才を持たないオウイガツの存在をよく思わなかっただろうし、判明しなかった場合はあまり良い運命を辿《たど》ったとは思えぬ。……なにが起きたかはわからぬが、存在が消えかけているということは、つまり……」

因幡ははっきりと言わなかったけれど、もはや聞くまでもなかった。

オウイガツの運命は、過去が変わったことで大きく変化し、結果、存在が失われるような末路を辿るのだと。

芽衣の背筋がゾクッと冷える。

「とはいえ、オウイガツを消したいのなら、その方法ではあまりにまわりくどい。つまり、目的はアメノミカゲかミチヌシヒメのどちらかにあるのだろう。オウイガツが消えかけていることは、目的が果たされたことで生じた影響のひとつに過ぎぬと考えた方が自然だ」

「影響のひとつ……って……」

過去に干渉してはならないというツクヨミの言葉が、ふと頭を過る。

十分にわかっていたつもりだったけれど、過去を変えるということはそういうことなのだと、芽衣は改めて実感していた。

仁や燦のように、失われた未来を取り戻す場合もあれば、当然、逆もある。

ふいに怖くなって手のひらをぎゅっと握ると、天がやれやれと溜め息をついた。

「おい、あまり考え込むな。まだ俺らの予想でしかない。まったく的外れの可能性だってある」

「そうですけど……」

頷いたものの、芽衣には、この予想が核心を突いているという妙な自信があった。

そもそも、ツクヨミに頼むことなくこっそり過去に行ける者は猩猩の他におらず、猩猩の仕業だとするならば、黒幕の存在はほぼ確定。

それは、十分に根拠のある予想だった。

ただ、わからないのは、その黒幕の目的。

「……とはいえ、これ以上は、ツクヨミと直接話した方がいいな。ただ、もし予想が当たっていた場合は、過去を正しく戻さなければならなくなる」

「そうですね……」

「やれるか？」

「も、もちろんです……」

つい動揺してしまったのは、迷いのせいではない。

ただ、今回は、仁や燦を救おうと無我夢中だったときよりも冷静なぶん、過去に行くことをより重く感じてならなかった。

酒を盗むという些細なことをきっかけに、一人の神様の存在が失われてしまうなんて、あまりにも影響が大きすぎると。

「言うまでもないが、俺も行くからあまり気負うな。……所詮、黒幕は猩猩を利用するような姑息《こそく》な奴だ。そこまで怖がることもない」

「そうです、よね……」

芽衣は頷き、気持ちを落ち着けるために深呼吸をした。

しかし、因幡は怪訝《けげん》な表情を浮かべ、天を見上げる。

「とはいえ天よ、悪知恵が利く奴というのは厄介《やっかい》だぞ。油断するなよ」

「力がないから誰かを利用するんだろう。お前と似たようなものだ」

「おい、そんな愚かな奴と一緒にするな……！　俺は力がないわけではない！　効率を考えた上での作戦だ！」

「なにも違わないだろ」

「ぜんぜん違う……！」

因幡は怒って天に飛びかかるけれど、あっさりとあしらわれ、燦がやれやれと肩をすくめる。

いつもと変わらない光景だけれど、厨房を包む空気はどこか緊張していた。

ともかく、――満月は三日後。

芽衣は、落ち着かない日々を過ごした。

「――芽衣よ。確かに、過去から失われたものがあるようだ」

満月の夜、屋根に上がって天と共にツクヨミを呼ぶと、ツクヨミは姿を現すやいなや、説明ひとつ聞かずにそう口にした。

「失われたもの……？　……というか、ツクヨミ様はもしかして、私が会いに来ることと、わかっていらっしゃったんですか……？」

芽衣が驚いて尋ねると、ツクヨミは美しい所作でゆっくりと冠瓦《かんむりがわら》に腰掛け、笑みを浮かべる。

「過去のことなら、なんでも。ほんの四半刻前のことであろうと、過去は過去」

つまり、芽衣がツクヨミを訪ねるまでの経緯もすべて知られているらしい。

どうりですぐに現れてくれたわけだと、芽衣は納得した。

「それで、失われたものというのは？」

天は、すべてがゆったりしているツクヨミとは対照的に、少し焦りを滲《にじ》ませた声で尋ねる。

すると、ツクヨミは物憂い表情で膝に肘《ひじ》をついた。

「芽衣たちは、話していたろう。猿が一匹、過去へ向かう私に付いてきたようだと。まことに信じ難いことだが、私はまったく気付かなかった。……しかし、過去に大きな変化が起きたことは事実。……失われたものは、酒だよ。――ミチヌシヒメの、盟酒だ」

「やっぱり……！」

「過去を探してみたけれど、もはやどこにもない。……猿が過去から持ち帰ったのかもしれないね」

やはり、予想は当たっていたらしい。

オウイガツに起こった異変の原因は、その瞬間に確定した。

つまり、解決するために芽衣がすべきなのは、過去に行き、狙《ねら》われた盟酒を守ることだ。

「ツクヨミ様、すでにご存じだと思いますが、このままだとオウイガツ様が消えてしまいます……！　私たちを過去に送っていただけませんか……？」

もちろん、過去に干渉することはご法度だと知っているし、今はその怖さを前より実感している。

ただ、もしツクヨミにその気がないなら、そもそもこうして現れてくれないだろうと芽衣はあらかじめ予想していた。

現に、ツクヨミは必死な芽衣の目をじっと見つめ、目に憂いを滲ませながら、ゆっくりと頷く。

「無理に変えられた過去ならば、それを戻すのはむしろ当然。……このたびのことは、猿に気付けなかった私にも責があり、芽衣が請け負ってくれるのならば願ってもないことだ。……けれど、少し、嫌な予感がするんだよ」

「嫌な予感……？」

「いくら過去を探そうとも猿の気配は見付けられなかったけれど、その代わり、──妙な、残り香が」

「残り香……？」

「とても甘い香りだよ」

それは、アメノミカゲの元を訪ねたときに、鍛冶場にはそぐわない甘い香りが漂っていたと語った高倉下の話とよく似ていた。

あのときは、この件と関連付けるのは早すぎると思っていたけれど、ツクヨミからも同じ話を聞いたとなれば、さすがに無視できない。

「やっぱり、その香りの持ち主が猩猩を利用した黒幕なのかも……」

「黒幕、か。確かに、猿一匹の行いだとは思えないからね。……それにしても、あまり良い気配ではなかった」

「妖かも……」

ある程度は覚悟の上だったけれど、妖が関わっていると思うと、感じる恐怖は比べものにならない。

　つい黙り込んだ芽衣の手に、ツクヨミがそっと触れた。

「……芽衣、君はただ頼まれごとを請けただけだろう。……危険だとわかっていながら、無理に行く必要はないよ。断り辛いのならば、高倉下には私から話す」

「ツクヨミ様……」

　まるで娘をあやすような口調に、強張っていた体がふっと緩む。

　優しさに触れたお陰で、心を支配していた不安すらも曖昧になった。

「ありがとうございます。……でも、これは私自身のためでもありますから。……それに、怖い思いなら、何度もしてきたので慣れてます！」

　ツクヨミは、芽衣の指先をきゅっと握る。

　言葉とは裏腹な、指先の小さな震えに気付いているのだろう。けれどそれ以上なにも言わず、穏やかな笑みを浮かべた。

「ならば、芽衣、そして天、お前たちに託したい。酒が消えた日から一番近い満月に、二人を送るよ。帰ってくるのは十五日後の新月だから、決して忘れないように。……準備はいいかい？」

　ツクヨミがそう言うと、天が芽衣の手を取った。

見上げると、いつも通りの涼しげな目に捕えられ、芽衣はゆっくりと頷く。

「……大丈夫です」

その瞬間、――芽衣たちの体を、眩《まばゆ》い光が包んだ。

「――どれくらい過去を遡《さかのぼ》ったんでしょうか……」

「さあな。千年くらいだろう」

「千年……」

眩しさが収まり目を開けると、周囲は深い森に囲まれていた。

千年と言われてもピンとこなかったけれど、やおよろずがどこにも見当たらないことから、途方もない時間を渡ってきたという実感はあった。

「まずは、播磨に向かうぞ」

「はい……！」

天は狐に姿を変え、芽衣を背中に乗せるとすぐに出発し、間もなく景色が見えないくらいに速度を上げた。

播磨とは、現代で言う兵庫県。天の足ならそう遠くなく、到着まではあっという間だった。

静かな森の中で天の背中を下り、芽衣は、おそるおそる周囲を見渡す。

真夜中で周囲は暗いけれど、遠くには、満月に照らされた山々の稜線が見えた。

「自然の風景は、千年遡ってもあまり変わらないですね……」

「……いや、朝が来たら、多分その言葉は覆る」

「どういう意味ですか……？」

「じきにわかる。ひとまず、夜明けまで休め」

「え……、でも」

芽衣は首をかしげるけれど、天はふたたび狐に姿を変えて芽衣を尻尾《しっぽ》で抱き寄せる。

これからどんなことが待ち受けているかわからないし、休めるときに休んでおけという気遣いだろうと、芽衣はひとまず頷き目を閉じた。

すると、尻尾の柔らかさとよく知る甘い香りのせいで、少しずつ意識が遠退《とおの》いていく。

その、何物にも代えがたい心地よさを堪能しながら、やがて芽衣は眠りについた。

目覚めたのは、ちょうど朝日が稜線から顔を出した頃のこと。

寝起きでぼんやりした頭を少しずつ覚醒させていると、突如、天が芽衣の腕を引いて起き上がらせ、裾野の風景が見渡せる場所まで連れて行った。

「て、天さん……、どうしたんですか……?」

「いいから、見てみろ」

そう言われ、景色を見渡した芽衣は、あまりの驚きに一瞬、呼吸を忘れる。

そこに広がっていたのは、延々と続く田園風景。

季節的にまだ苗は植えられていないけれど、規則正しく区分けされた田んぼが視界いっぱいに広がる様子は、言葉を忘れる程に壮観だった。

「こ、これ……、全部田んぼですか……!」

「見事だな。……これ程の規模は、現代にはない。稲作の神であるミチヌシヒメが守るだけある」

「すごい……。確かに、全然違う風景です……」

「そう言ったろう」

芽衣は、昨晩の天の言葉に納得する。

そのあまりのスケール感には、溜め息が零れるばかりだった。

「穂が実った頃の風景は、きっともっと素敵でしょうね……」

「一面黄金色に染まる。——ただ、この田はいずれ荒れる運命だ」

「え……？」

　突然の意味深な言葉に、芽衣の心臓がドクンと大きく鼓動した。天は、あまり感情の読めない表情で、淡々と言葉を続ける。

「広大な田園は荒れ果て、いずれここの地名も〝荒田《あらた》〟となる。……これから向かうミチヌシヒメの社《やしろ》の名も、現在では荒田神社だ」

「こんなに立派なのに、どうして……」

「ミチヌシヒメとアメノミカゲが結ばれたことが原因らしい。稲作と鍛冶は相性が悪く、夫婦の契《ちぎ》りを結べばよくない影響があるのだとか。……詳しくはよく知らないが、実際にこの風景は、ほとんどが失われる」

　それは、衝撃的な事実だった。

　途端に、目の前に広がる風景が、物悲しく感じられる。

「相性が悪いって、そんな理不尽な……。どうにかならないんですか……？」

「世の中に理不尽なことはいくらでもある。いちいち引っかかっていたらキリがないだろう。……それに、それは俺らが干渉すべきでない、正しい過去だ。それを否定するなら、影響はオウイガツどころの騒ぎじゃなくなる」

　天の言葉はもっともだった。

確かに、この田園を守ろうとするなら、ミチヌシヒメとアメノミカゲが結ばれた歴史を否定することになるし、目的が根底から揺らいでしまう。

まさに、過去に干渉する悪い例だ。

安易に過去を変えてはならないと再確認したばかりなのにと、芽衣は、すぐに感情移入してしまう単純さを反省した。

「すみません……。確かにその通りです……。あまりにも希望がないなって思って、つい……」

感情に流されすぎだと、文句のひとつでも飛んでくることを覚悟し、芽衣は深く俯《うつむ》く。

けれど、天は芽衣を責めることなく、ゆっくりと首を横に振った。

「希望のあるなしは、当事者たちにしか判断できないものだ。見る角度によって真逆に変わることもある。……それに、万が一すべての希望が失われたとしても、いずれは新しいものが生まれる。……希望と同様に、絶望だって永遠に続くわけじゃない。……歴史とはそういうものだろ」

「天さん……」

それは、天が長い年月生きてきたことを実感する、重みのある言葉だった。

芽衣は、二十数年しか生きていない自分がどう答えても軽々しくなりそうだと、ただ黙って天を見つめる。

すると、天はふと我に返り、踵を返した。

「……ゆっくりしてる場合じゃないな。ミチヌシヒメの社に行くぞ」

そう言った天の表情も口調もすっかり元通りで、芽衣は頷き、慌てて後に続く。

すると、間もなく、山の中に佇《たたず》む社を見付けた。

「ここが、ミチヌシヒメ様のお社ですか……？」

最初に目に入ったのは、鮮やかな朱色の鳥居。その奥には、小ぢんまりした本殿が見えた。

よく見る形の神社だけれど、その佇まいを見ていると、心にスッと風が通り抜けるような清々《すがすが》しさを覚える。

「なんだか、この辺りは特別に空気が澄んでるような感じがしますね……」

「ミチヌシヒメが周囲から慕われている証拠だ。多くの願いや感謝が集まっているんだろう。……ヒトからも、神々からも」

芽衣は、その言葉に納得した。

この土地がどれだけ恵まれているかは、さっき見たばかりの広大な田んぼが物語っている。

心地よさに浸っていると、ふいに天に腕を掴まれ、木陰へ連れ込まれた。

「ど、どうしました……？」

「まずは、準備だ」

「準備……？」

ポカンとする芽衣を他所《よそ》に、天は芽衣の頭に両手を乗せる。その瞬間、触れられた箇所に妙な違和感を覚えた。

「あの、天さん……？　なにを……」

「お前の存在は特殊すぎて、そのまま訪ねれば怪しまれる。今回は、盟酒が盗まれる日まで遣いとして潜入し、ミチヌシヒメの様子を窺ってくれ」

「遣い……？　巫女《みこ》さんってことですか？」

「巫女でも使用人でもなんでもいいから、なるべく近い場所にいろ。俺は、社の周囲で猩猩や妖の気配を探る。呼ぶときは、鈴を鳴らせよ」

天はそう言うと、手を離した。

おそるおそる頭に手を伸ばしてみると、指先に触れたのは、ふわふわした、柔らかい感触。

「え？　え……？　な、なにこれ」

混乱したものの、その触り心地には覚えがあった。

「ま、まさか……」

「今のお前は、どこから見ても狐の化身だ」

「狐……！」

確かに、頭から生えているのは狐の耳そのものだった。

それはほんのりと温かく、術で付けられたとは思えないくらいのリアルさに、芽衣は驚く。

「完璧だな。誰も疑わない」

「ちょっ……、でも、天さんや燦ちゃんには耳なんてないじゃないですか……！」

「拾ってもらうには、化けるのに不慣れな方がいいだろ。あまりに完璧だと怪しまれる。……上手くやれよ」

「はっ？」

「得意だろう。雇ってもらうための交渉は」

「待っ……」

天はそう言うと、ひらりと木の枝へ跳び上がった。

そして、余裕の笑みを浮かべる。

「何度も言うが、少しでも異変があれば呼べよ。新月までの十五日間、いつ盟酒が盗まれるかわからないから常に警戒しておけ。猩猩は危険な奴じゃなさそうだが、黒幕は正体が知れない。くれぐれも油断するな」

「わ、わかってますけど……！　ってか十五日って長……」

「見つかる前に俺は行く。……社の中は頼むぞ」

芽衣の動揺が収まらない中、天はあっさりと姿を消した。

芽衣はしばらく茫然と立ち尽くした後、もう一度耳に触れる。

「いつの間にこんな作戦考えてたんだろう……。ってか、本当にバレないのかな、これ……」

疑われないというお墨付きをもらったものの、頭から耳が生えているなんて、芽衣にとっては違和感でしかなかった。

しかし、天が去ってしまった以上どうすることもできず、渋々覚悟を決める。——そのとき。

「——おや。……そこにいるのは、狐の女か」

後ろから声をかけられ、芽衣の肩がビクッと跳ねた。

恐る恐る振り返ると、四、五歳くらいの少年が、芽衣をじっと見つめている。

「えっ……！　あ……、えっと、私、ですか……？」

「狐の女なんて、他におらぬだろう」

「狐……に、見えてます……？」

「ヒトに化けたつもりかもしれぬが、まだまだ修行が足りぬ」

どうやら、天の思惑通り、少年には芽衣が未熟な狐の化身に見えているらしい。

ひとまずほっとしたものの、今は、そんなことを考えている場合ではなかった。

目の前にいる少年が何者なのか、心当たりはひとつしかない。

「あ、あの……、あなたは……」

「オウイガツだ。そこの社に住んでいる」

やっぱり、と。口に出しそうになって、芽衣は慌てて口を覆う。

すると、オウイガツは芽衣を心配そうに見つめた。

「どうした？　もしや、行き場を失ったのか。……確かにその未熟さでは、誰も使ってくれぬだろう。名をなんという」

「め、芽衣といいます……。実は、お勤めしていたお宿に追い出されてしまいまして……」

「芽衣か。……それにしても、難儀な話だ。その宿とはどこにある」

「えっ……？　あ、えと……、伊勢のやおよろずっていう……」

「伊勢だと……？　……狐一匹がここまで流れてくるには、ずいぶんな距離だ。……やおよろずなど聞いたこともないが、芽衣のような未熟な者を追い出せば、野垂れ死ぬことなどわかっていたろうに。無情な主がいるものだ」

オウイガツは、その幼い見た目からは考えられないくらいしっかりしていた。

純粋そうな澄んだ目でじっと見つめるくせ、話す内容は大人とそう変わらず、そのアンバランスさがなんだか愛しい。

ふと、仁から聞いたばかりの、天の幼い頃の様子と重ねてしまう。

「かわいい……」

思わず呟くと、オウイガツはこてんと首をかしげた。――そして。

「……よし、かわいそうな狐、うちに来い」

突如、芽衣の手を引いた。

「え？　あの、うちに来いって……」

「私がお前を使ってやろう。心配するな、社の主は私の母上だ。名をミチヌシヒメといい、とてもお優しい方なのだ。母上もお前のことをきっと気に入る」

ずいぶん強引ではあるが、策としてはこれ以上ないくらい順調だった。

芽衣はオウイガツに手を引かれ、社の鳥居を潜る。同時に、心にスッと風が通り抜けるような清々しさを覚えた。

「すごい……。鳥居の中は、空気がさらに澄んでる……」

経験がない程の心地よさに、芽衣は無意識にそう口にしていた。

すると、オウイガツは誇らしげに微笑む。

「母上がいかに素晴らしいか、よくわかるだろう！　……そうだ！　芽衣、後で母上の自慢の田んぼに連れていってやる！　壮大な景色に、芽衣は腰を抜かすかもしれぬ！」

ミチヌシヒメのことがさぞかし自慢なのだろう、オウイガツの目はキラキラと輝き、声もわかりやすく高揚していた。

「あ、ありがとうございます……。ミチヌシヒメ様は、稲作の神様なんですね。腰を抜かす程の壮大な景色なんて、楽しみです……！」

芽衣はぎこちなくも、あくまでなにもしらない演技をする。

オウイガツは嬉しそうに頷き、――けれど、ふいに、表情を曇らせた。

「母上は本当に素晴らしい。……ただ、私は、子でありながらその才を受け継がず……なにも持たずに生まれてしまった。……まことに残念なことだ」

「オウイガツ様……」

オウイガツの言葉は、過去へ来る前に聞いた情報の通りだった。

オウイガツが受け継いだのは、ミチヌシヒメの稲作の才ではなく、アメノミカゲの鍛冶の才。

ただ、まだ父親が判明していないせいか、オウイガツはその事実に気付いていないらしい。

それもあってか、オウイガツは、稲作の才を持たないことを心から残念そうに語った。

おそらく、オウイガツは母親のようになりたかったのだろう。

その気持ちを考えると、胸が苦しくなった。

「残念だってお思いなんですね」

「……当たり前だろう。私では、周囲の者たちの期待に応えられぬ。こんな悲しいことはない。……だが、ずっと母上の傍にいたならば、いずれは才が芽生えるかもしれぬと、まだ信じているのだ」

幼いながらも、周囲の落胆を察しているのだろう。

声は凛《りん》としているけれど、芽衣には、必死に自分に言い聞かせているように聞こえてならなかった。

「……稲作にこだわらなくたって、オウイガツ様はきっと、他に素晴らしい才能をお持ちです。……周囲がどうしようもなく求めてくるような、特別な才能を」

芽衣は、衝動的にそう口にしてしまっていた。オウイガツから不思議そうに見上げられ、芽衣は途端に我に返る。

オウイガツからすれば、芽衣は出会ったばかりの狐の化身。立ち入りすぎた発言だったと、芽衣は慌てて弁解の言葉を考えた。

しかし、オウイガツは意外にも、嬉しそうに目を細める。

「その言葉は、私の胸だけに大切に仕舞っておくことにする。……ありがとう、芽衣」

それは、切なくなるような微笑みだった。

オウイガツの本当の願いは、今回の芽衣の目的とは反する。

これ以上感情移入したら目的を見失ってしまいそうで、芽衣はなにも言わず、ただ頷いた。

すると、そのとき。

「おや、まあ。可愛らしい狐」

突如響いた、鈴が鳴るような美しい声。

視線を上げると、社の縁側から見つめる姫神と目が合った。

「母上！」

オウイガツはパッと表情を明るくし、嬉しそうに駆け寄っていく。

――この方が、ミチヌシヒメ様……。

これまでいろいろな姫神と会ってきたけれど、ミチヌシヒメは、そのどれとも少し違っていた。

ちょこんと座る姿にはまだ少女のようなあどけなさが残っていて、その格好も、煌《きら》びやかというよりは、動きやすそうな袴《はかま》姿。襷《たすき》で袖を捲《まく》り上げ、髪は後ろで一本にまとめている。

全身から、無垢《むく》で純粋な美しさが漂っていた。

「オウイガツ、その子、山で拾ってきたの？」

「路頭に迷っていたので、うちへ来るよう言いました！」

「あら、優しいのね」

口調もなんだか砕けていて、親しみやすい。これなら慕われて当然だと、芽衣は密《ひそ》かに納得した。

「あ、あの、芽衣といいます。……そこでオウイガツ様からお声がけいただきまして

「……」

「母上、芽衣は対等に言葉を交わしてくれる、珍しい狐なのです。私は、芽衣ともっと話してみたい」

その言葉を聞き、やはり、さっきオウイガツにかけた言葉はふさわしくなかったのだと、芽衣は一瞬ヒヤッとした。

いくら接しやすくとも、オウイガツは広大な田園を守っている神様の御子神。対等に話す者なんて、そう多くはないのだろう。

けれど、ミチヌシヒメは気に留める様子もなく、さらに笑みを深めた。

「それはいいわね。是非、私の話し相手にもなってほしいわ。よろしくね、芽衣」

「よ、よろしくお願いします……」

あっさり受け入れられてしまい、芽衣は逆に戸惑う。

天が去ってしまったときはどうしたものかと悩んだけれど、策は、驚く程に順調だった。

ただ、現状は、盟酒が盗まれた事件を阻止するための環境が整ったに過ぎない。

肝心なのはこれからだと、芽衣は二人の笑顔を見ながら、密かに気合を入れなおした。

「見て、芽衣。もう少ししたら、ここから見えるすべての田んぼに水を張るのよ。まるで命が吹き込まれるようで、見ているととても元気になるの」

オウイガツの遣いとして拾われたはずだったけれど、翌日から早速芽衣を連れまわしたのは、ミチヌシヒメだった。

ミチヌシヒメは早朝から芽衣を連れて高台に上り、自身が守る田んぼの風景を見せてくれた。

「命が吹き込まれるって、なんだか素敵な表現ですね。稲作のことはあまり知らないので、見てみたいです」

「大丈夫、もう少し暖かくなれば、見られるわ」

なんの疑いもなくそう言ってくれるミチヌシヒメの純粋さには、胸が痛んだ。自分は次の新月にはここからいなくなってしまうのにと。

仕方がないとはいえ、騙《だま》していることが苦しい。

だから、これは盟酒を守るためであり、ミチヌシヒメとオウイガツのためになるのだと、芽衣は自分にそう言い聞かせることでなんとか気持ちを保っていた。

「本当に素晴らしい景色ですね、オウイガツ様がおっしゃっていた通りです。……あれ？　オウイガツ様……？」

そのとき、ふいに、一緒に来たはずのオウイガツの姿がないことに気付く。

慌てて周囲を見渡すと、オウイガツは、春が近付きようやく生え始めた草を掻《か》き分け、必死に虫を捜していた。

神様とはいっても、こういうところはやはり少年なのだと、芽衣はつい笑い声を零す。

「可愛いですね、オウイガツ様。……とてもしっかりしているのに、笑うとあどけなくて」

「……」

「ミチヌシヒメ様……？」

「ええ、とても。……私にとっては何物にも代えがたい宝物よ」

意味深に空いた間に、芽衣は違和感を覚えた。気になってつい見つめると、ミチヌシヒメはかすかに視線を落とす。――そして。

「芽衣。……あなたには、想い人はいるの？」

突如、思いもしない質問が飛んできて、芽衣は動揺した。

「想い人ですか……、ど、どうしてそんなことを……」

「いないの？　芽衣のような可愛い娘がいたら、男たちはきっと放っておかないでしょうに」

「か、可愛いなんて、滅相もないです……。危なっかしくて、別の意味では放っておけないと思いますけど……！」

誤魔化《ごまか》しながらも、想い人と言われて頭に浮かぶのは天の存在以外にない。ただ、こうもまっすぐに問われると、恥ずかしくて口にできなかった。

ミチヌシヒメは、そんな芽衣をじっと見つめる。――そして。

「……口に出せない相手を想う程、辛いことはないわ」

まるでひとり言のように、そう呟いた。

辺りが、しんと静まり返る。

「ミチヌシヒメ様は……、オウイガツ様のお父上のこと、愛してらっしゃらないんですか……？」

出過ぎたことと知りながら、そのときの芽衣は、訊かずにはいられなかった。

すると、ミチヌシヒメは動揺ひとつ見せず、目を細めて笑う。

「オウイガツの父上が誰なのか、――わからないのよ」

それは、聞いていた歴史通りの答えだった。

ただ、想像とは違っていた。

こんなにわかりやすい嘘はあるだろうかと、芽衣は思う。

――ミチヌシヒメ様は、本当は全部知って……。

そのとき覚えた直感に、芽衣は自信があった。

ミチヌシヒメは、オウイガツの父親が誰なのかわかっていて、あえて口にしないのだと。

けれど、だとすると、これまでの思い込みを大きく覆す必要があった。

はっきりと言いきれるのは、盟酒を使ったオウイガツの父親探しは、ミチヌシヒメの希望ではないということ。

本当に阻止していいのだろうかと、十分に納得したはずの迷いがふたたび心に蘇ってくる。

ミチヌシヒメの思いを聞きたいけれど、隠されている以上あまり立ち入るわけにもいかなかった。

そして、もどかしい気持ちを抱えたまま一日を過ごし、ようやく夜になると、芽衣はこっそり社を抜け出して帯紐《おびひも》に結ばれた鈴を鳴らす。

天はすぐに現れ、芽衣を抱えてすぐにその場を離れると、静かな山奥でそっと下ろした。

「思った以上に上手く潜入したみたいだな」

「そうなんです。むしろ、思った以上にお二人に近い場所に置いてくれていて……」

「……なのに、なんでそんな顔してる」

天は、芽衣の様子からすぐになにかを察したらしく、俯く芽衣の頬に触れる。

芽衣は、少し迷いながらも、心に留めておくことなんてできそうになく、重い口を開いた。

「……ミチヌシヒメ様は、多分、ご存じなんです。オウイガツ様がアメノミカゲ様との間にできた子だったこと」

しかし、意外にも、天は驚かなかった。

むしろ、わかっていたと言わんばかりの落ち着き様だった。

「……そうかもしれないな」

目を丸くする芽衣に、天は肩をすくめる。

「アメノミカゲを一度でも見た者ならば、すぐにわかる。俺も大昔に見かけて以来だが、……オウイガツは、あまりにもアメノミカゲに似ている」

「そんなに……？」

「生き写しだ」

天が言うくらいだから、よほどなのだろうと芽衣は思う。

同時に、ひとつの可能性が過った。

「……そんなに似てるのに、周囲の皆さんが気付かないってことは……、秘めた恋だったんですね……」

「……だろうな。少なくとも、ミチヌシヒメにとっては」

それは、この一日で生まれた小さな違和感が、ストンと心に落ち着いた瞬間だった。

天は、さらに言葉を続ける。

「社の裏に酒蔵があった。……遣いの狐たちが話していたが、盟酒でオウイガツの父親を捜す策は、ミチヌシヒメを囲む者たちすべての要望で、秘密裏に進められているらしい」

「密かにって……。いきなり押しかけて、盟酒で父親を捜すよう進言するってことですか……?」

「言い方はともかく、そういうことだ。周囲も、ミチヌシヒメがオウイガツの父親捜しに消極的なことを察しているらしい。だから、用意周到にした上で全員の要望だと懇願すれば、ミチヌシヒメは断れないだろうという計画なんだろう」

「そんな……」

芽衣は、言葉を失った。

オウイガツの父親をめぐる一件は、過去に来る前に聞いたときの印象と、あまりにも違っていると。

天もまた、重い溜め息をつく。

「ただ、……ミチヌシヒメ本人にはすべてわかっているとなると、それはそれで皮肉なものだな」

「皮肉って、どういうことですか……？」

「父親が鍛冶の神だと判明すれば、結局、周囲の願いは叶わない。むしろ、盟酒によって出した結論だけに、二人のことを認めざるを得なくなるだろう。そして、相容れない二人が正式に夫婦となることで、田は荒れる。ミチヌシヒメは、そうなることがわかっていて口を閉ざしているんだろう。……周囲の者たちの願いを守るために」

「そんな……」

つまり、守りたいものは、両者共通している。

もっと上手くやれていたなら違う結末もあったかもしれないのにと、そう思う一方で、そうやってできた歴史を、──オウイガツの未来を、否定するわけにはいかなかった。

ただ見守るしかできないもどかしさが、心の中で疼《うず》く。

すると、天は俯く芽衣の頭にそっと触れた。

「そんな顔をするな。……昨日も言ったが、この歴史の先にも希望はある。少なくとも、ミチヌシヒメの道ならぬ恋は叶うだろう」

「だとしても……、周囲の願いは叶えられず、あれだけの田を犠牲にして、……ミチヌシヒメ様はお優しいから、喜べないいんじゃないかなって」

「しばらくは喜べなくとも、……これで正しかったと、いずれは思う。……絶対に」

「天さん……」

強く言い切られ、芽衣は思わず顔を上げる。

すると、天はさも当たり前だと言わんばかりに、ふたたび頷いた。――そして。

「少なくとも、俺なら迷わない。……迷うくらいなら、そもそも踏み出さない」

そう口にした天の目には、言葉通り、小さな迷いすら見付けられなかった。

もしかすると、本来なら一緒にいられるはずのない自分たちのことを重ねているのかもしれないと、芽衣は思う。

芽衣たちこそ、まさに今、小さな希望に縋《すが》りながら、共に過ごす未来を必死に手繰り寄せようとしている。

この関係に名前を付けたことはないけれど、傍《はた》から見れば、これも道ならぬ恋だと表現されるのかもしれない。

「……それに、前にも言ったが希望も絶望も長くは続かないし、どんなに願っても、一人の力で守れるものはそんなに多くない。だから、何物にも代え難いものだけは絶対に見誤らないし、たとえなにを失おうと後悔なんてしない。……そんなこと、俺なんかより、神々の方がよほどわかっているはずだ」

その言葉は、芽衣の心にまっすぐに届いた。

ふいに、弱い者は嫌いだと、——守りたい奴なんていないと、大昔、天が口にしていたという言葉が頭を過る。

茶枳尼天にもそう宣言する程に頑なだった天は、やはり、変わったのだろう。

今も、自分に守れるものはそう多くないと言いながら、芽衣を、そして芽衣の未来を、全力で守ろうとしてくれている。

そんな天だからこそ、言葉に説得力があった。

「だったら……、ミチヌシヒメ様たちもきっと後悔しないって、私も信じますね」

そう呟くと、天は頷き、芽衣の手を握った。

「酒蔵の狐たちいわく、盟酒の完成は間近らしい。策の決行は、思ったよりも早いかもしれないな」

「早ければ、明日ってことですよね……？」

「いつであろうが、俺たちがやることは一緒だ。俺は、盟酒がミチヌシヒメの元に無事届けられるよう、酒蔵を見張る。芽衣はなるべくミチヌシヒメから目を離すな」

「はい……！」

目的を改めて確かめ合い、芽衣たちは解散した。

社に戻って、ミチヌシヒメの部屋の前を通ると、オウイガツの楽しげな笑い声が聞こえ、芽衣は思わず立ち止まる。

会話の内容までは聞こえないけれど、なにかを一生懸命に話して聞かせるオウイガツに対し、ミチヌシヒメは嬉しそうに相槌《あいづち》を打っていた。

もしオウイガツが消えてしまう未来を知らなかったならば、芽衣は、この時間をいつまでも守ってあげたいと願っただろう。

芽衣は、わずかに覚えた心の痛みに気付かないフリをして、ミチヌシヒメの部屋を通り過ぎる。

たった今別れたばかりなのに、なぜだか、天に会いたくなった。

社にはなんの動きもないまま、それから三日が経過した。

過去に来てはや四日目となったけれど、相変わらず猩猩は現れず、むしろ不穏な気配はどこからも感じられなかった。

その間、芽衣はミチヌシヒメやオウイガツに連れられ、山で珍しい山菜を教えてもらったり、雪解け水が湧き出る泉に連れて行ってもらったりと、ただのんびりと過ごしていた。

「――猩猩は、おそらく近くにいるはずだが……、まったく気配がない。予想はしていたが、厄介だな」

天との情報交換は一日に一度、社の周囲に気配がなくなる、夜更け。しかし、その三日間は、天からも新しい情報はなかった。

「なんだか、本当に事件が起こるのかなって気になっちゃいますね……。あまりに普通というか、不穏な動きがまったくなくて」

「仕方がないな。猩猩にはそもそも気配がなく、遣いの狐たちの策も、密かに進めているとはいえ悪意があるわけじゃない。いっそ、もっときな臭い謀りごとなら、気取《けど》るのは簡単だが」

「確かに……。よかれと思って考えたことですもんね……」

わかってはいるけれど、時間がただ流れていく中、集中力を保つのは難しい。考えてみれば、神様からの依頼でこれほど長丁場になるのは初めてのことだった。

「だが、必ず猩猩は現れる。気を抜くなよ」

「もちろんです」

「なら、また明日」

「あ……、天さん」

引き留めたのは、なかば無意識だった。

振り返る天に見つめられ、芽衣は慌てて言葉を探す。

「て、天さんは、なにをして過ごしてるんですか……？　昼間とか……」

「……別になにも。酒蔵で狐の様子を見張りながら、猩猩と黒幕の気配を探ってる。……知ってるだろ」

「そう、でしたね」

この束の間の時間が終わるのが、惜しいのだと。

芽衣は、自分の心がなにを求めているか、よくわかっていた。

たった四日で寂しいなんて言えないばかりに、おかしな引き延ばし方をしてしまったと、芽衣は慌てて天に手を振る。

するとも、天はしばらく芽衣を見つめ、やがて、ふたたび横に腰を下ろした。

「また、明日……」

「天さん……？」

「……山を少し下ったところに、梅が咲いてる。梅は伝来したもので自生はほぼないから、ここの狐たちが植えたんだろう。オウイガツと見てくるといい」

「梅ですか……？」

あまりに唐突な話題に、芽衣はポカンと天を見つめる。

当の天は、木の幹に背中を預け、動く様子はない。

「茶枳尼天は淡い色の花を好まないが、……悪くないな」

「……綺麗ですよね。梅の花を見たらそろそろ春が来るなって感じられて、私はすごく好きですけど……」

「やおよろずの庭にも植えるか。……帰ったら」

その瞬間、芽衣はようやく察した。これは、天なりの気遣いなのだと。

ふいに、心が締め付けられた。

「はい。……帰ったら、きっと」

そう口にするだけで、心細かった気持ちが満たされていく。自分の単純さが、今はありがたかった。

天は芽衣の頭にそっと触れると、今度こそ立ち上がる。

「……何度も言うが、なにが起きても無茶するなよ」

「本当に何度も言い過ぎですよ……」

「聞かないだろう、お前は」

芽衣が笑うと、天はほっとしたように息をついた。

ほんの数分の出来事だったけれど、芽衣が元気になるには十分だった。芽衣は天に手を振り、社に向かう。

そして、いつも通りオウイガツの笑い声を聞きながら、二人の部屋を通り過ぎた。


ようやく動きがあったのは、翌日のこと。

朝、芽衣がオウイガツに「そろそろ春だから、梅を見てみたい」と伝えると、オウイガツは快く連れて行ってくれた。

着いたのは、おそらく天が話していた場所で、たくさんの梅の花が咲き乱れる光景は、息を呑む程に美しかった。

ただ、その日、ミチヌシヒメは一緒に来なかった。正確には、すぐに後を追うと言ったまま、いくら待っても来ることはなかった。

目を離すなと言われていた芽衣は居てもたってもいられず、結局、名残惜しさを押し殺して、早々に梅林を後にする。

しかし、社にいたミチヌシヒメは、代掻《しろか》きの相談が長引いてしまったせいで行けなかったと残念そうにしていて、芽衣は杞憂《きゆう》だったとほっと息をついた。——けれど。

「——芽衣」

芽衣が一人で廊下を歩いていると、突如、社に侵入していた天に腕を引かれた。

そして、驚く間も与えられないまま、誰もいない部屋に引き込まれる。

芽衣は動揺が覚めやらない中、廊下の気配を注意深く確認する天の様子に、なにかが起こったことを察した。——そして。

「社から、ほんのかすかに妙な香りがした。……お前が社を出ている間に」

その言葉で、芽衣の心に緊張が走る。

「え……？」

「……甘い香りだ」

「甘い……って、それ……」

それ以上の説明は、必要なかった。

甘い香りとは、高倉下やツクヨミが話していた、この件にやたらと付きまとう奇妙な手がかり。

それは、ついに事態が動き出したことを意味していた。

そして、天からの衝撃の報告は、それだけで終わらなかった。

「……あと、狐たちの策はおそらく今晩決行される。……ついさっき、酒蔵で狐たちが相談している声を聞いた」

「そんな……、よりによって、今晩……」

つい大きい声を出してしまって、芽衣は慌てて口を手で覆った。

ようやく怪しい気配を感じ取ったと思ったら、それを調べる隙もないまま盟酒の策までが動くなんて、あまりに展開が早すぎると。

一方、天はいつも通り落ち着き払っていた。

「慌てる必要はない。芽衣は、ミチヌシヒメの部屋に盟酒が届いたら、術が行われている間、部屋の様子を盗み見ていろ。俺は近くに潜んでいるから、なにか異変が起きたらすぐに鈴を鳴らしてくれ」

「わ、わかりました……。大丈夫、かな……」

「心配するな、上手くいく。相手はたかだか猿だ。お前が相手してきた数々の妖と比べれば、恐れるに足りない」

「でも、もし盟酒を盗まれちゃったら……」

「そのときは、そのときだろ。俺がなんとかする」

次々と溢れ出る不安をすべて受け止められ、芽衣の気持ちは少しずつ落ち着きはじめる。

「わかりました……。やれるだけ、やります……」

いつも以上に動揺してしまった理由は、不安のせいだけではなかった。

おそらく、ミチヌシヒメやオウイガツと過ごした穏やかな数日間を、少し名残惜しく感じてしまっているせいだと、芽衣は自覚していた。

二人の間には、心が苦しくなるくらいの幸せが溢れている。心の中の葛藤《かっとう》も拭《ぬぐ》えないけれど、それをも凌駕《りょうが》するくらいに、二人の傍で過ごす時間は穏やかだった。

けれど、それも今日で終わりなのだ、と。

芽衣は、ほっとするような寂しいような複雑な感情を持て余しながら、これから起ころうとしている事件に挑む覚悟を決めた。

その日の夜。

いつも通り、楽しげな話し声が漏れ聞こえるミチヌシヒメたちの部屋に、ぞろぞろと狐の巫女たちがやってきた。

部屋の外で息を潜めていた芽衣は、廊下の奥から近付いてくるただならぬ気配に息を呑む。

先頭を歩く狐の巫女が大切そうに抱えるのは、真っ白の瓶。中身は盟酒に違いなく、芽衣は緊張を覚えた。

狐の巫女たちは静かに、けれどもなんだか物々しく、ミチヌシヒメたちの部屋へと近寄ってくる。

今のところ、周囲に怪しげな気配は感じられなかった。空にはこの地方にしては珍しい雪がチラチラと舞い、奇妙なくらいに静まり返っている。

狐の巫女たちは、部屋の外からミチヌシヒメに声をかけた後、次々と中へ入っていった。

ひとまず盟酒が無事に部屋に届けられたことに、芽衣はほっと息をつく。

ただ、あまりにも順調すぎる気がして、小さな違和感を覚えていた。

やがて、部屋の中から狐の巫女の声が響く。

「ミチヌシヒメ様。……どうか、ミチヌシヒメ様が願いをかけたこの盟酒にて、オウイガツ様のお父上をお捜しください」

ミチヌシヒメの声は、聞こえてこない。

どんな表情で聞いているのだろうと、芽衣は少し心配になった。

すると、狐の巫女はさらに言葉を続ける。

「ミチヌシヒメ様がお与えくださったこの実り豊かな土地を、いつまでも守り続けなければなりませぬ。オウイガツ様はミチヌシヒメの御子神でありながらも、その才は持たぬと。……しかし、今一度御子神を授かれば、次こそはミチヌシヒメ様のお力を受け継ぐかもしれませぬ。どうかお父上を捜し、この社にお招きください。それが、ミチヌシヒメ様をお慕いするすべての者の願いなのです」

一緒にいるはずのオウイガツにとってあまりに無情な言葉が、淡々と語られた。

今すぐにでも部屋に飛び込み連れ出してあげたい衝動を、芽衣は必死に抑える。

部屋は、しんと静まり返っていた。

沈黙が続くごとに、芽衣の不安が膨らんでいく。――そして。

「――わかりました」

ミチヌシヒメの、感情の読み取れない静かな声が響いた。

芽衣の心に、鈍い痛みが走る。

こうなるために過去に来たのだとわかっているけれど、どうしようもなく胸が苦しかった。

一方で、部屋に張り詰めていた緊張感は、途端に緩む。狐の巫女たちの安堵《あんど》の声が、かすかに漏れ聞こえた。

「では、盟酒をオウイガツ様にお託しください。間もなくお父上の元へ導かれるでしょう」

狐の巫女がそう伝えると同時に、障子がスッと開く。

どうやら、すべてを監視するつもりはないらしい。皆の願いだと託された思いを、ミチヌシヒメが裏切れないとわかっているのだろう。

芽衣は、狐の巫女たちがふたたびぞろぞろと出て行く様子を隠れて眺めながら、重い溜め息をついた。

猩猩は、まだ現れない。

ただ、芽衣たちが過去に来たことを察し、策を変更した可能性も考えられなくはなかった。

いずれにしろ、ミチヌシヒメは間もなく盟酒をオウイガツに託し、あるべき過去の通りに、アメノミカゲと夫婦となる。

芽衣にとっての救いは、ミチヌシヒメがアメノミカゲを心から想っているという事実。

今は苦しくとも、穏やかで幸せな日々が送れるようにと、芽衣は心から願った。

──しかし。

「さあ、──出ておいで」

部屋の中から、ミチヌシヒメの呼び声が響く。

一瞬、覗き見していたことがバレてしまったのかとも考えたけれど、たちまち周囲に漂ったねっとりとした甘い香りで、芽衣は異変を察した。

──この香り……。

おそらく、皆が口にしていた甘い香りだろう。ただ、それは想像していたよりもずっと濃く、胸が焼ける程の甘さだった。

嫌な予感を覚え、芽衣はミチヌシヒメの部屋の障子をかすかに開け、中を覗く。

すると、目に飛び込んできたのは、鮮やかな赤い毛を持つ大きな獣の後ろ姿。

着物を身につけているけれど、袴から伸びる長い尾も、裾から見えるふかふかした手足も、まさしく猿だった。

これが猩猩かと、芽衣はその独特な毛色と、物音ひとつ立てずに現れた奇妙さに驚きながらも確信を持つ。

そして、同時に混乱していた。

猩猩を呼びつけたのは、間違いなくミチヌシヒメ自身。

いったいどういうことなのかと、芽衣の理解がまったく及ばないまま、ただただ硬直する。――すると。

「これを持って逃げなさい。……どうか、誰にも見付からないで」

ミチヌシヒメは、盟酒の瓶を猩猩に渡し、そう懇願した。

そして、猩猩が頷き、瓶を両手で抱えてくるりと向きを変えた――瞬間。

芽衣は、衝動的に部屋に飛び込んでいた。

「ミチヌシヒメ様、駄目です……！」

ミチヌシヒメの目が、驚きで揺れる。

それは無理もなく、芽衣はミチヌシヒメにとって突然現れた狐の遣い。止める理由なんて、わかるはずがなかった。

ただ、説明している暇はなく、芽衣は猩猩の前に立ち塞がる。

正面から見た猩猩は、猿とはいえ顔の造りはずいぶんヒトに近く、目尻に差した赤い紅からは、色気すら感じられた。

「猩猩、お願い！　そのお酒を返して……！」

芽衣は、無我夢中で猩猩が抱える盟酒の瓶に手を伸ばす。

しかし、猩猩はあまりにも身軽な動作でひらりと背後に飛び、怪しい笑みを浮かべたかと思うと、あっという間に天井板の隙間からスルリと消えてしまった。

「待っ……！」

芽衣は、慌てて後を追おうと部屋を飛び出す。けれど、ミチヌシヒメがふいに、芽衣の腕を掴んだ。

「芽衣、あなたはいったい……」

「後で説明します……！　今は猩猩を追わなきゃ……！」

「猩猩を捕まえることなんて、誰にもできないわ」

そう言われ、芽衣は周囲をぐるりと見渡す。確かに、部屋の中も外もなにごともなかったかのように静まり返っていて、かすかな気配すら残っていなかった。

「そんな……」

「芽衣……？」

ミチヌシヒメは、明らかに戸惑っていた。

芽衣は、その揺れる瞳をまっすぐに見つめる。

「盟酒は、ミチヌシヒメ様ご自身が、わざと盗ませたんですね……」

その呟きに、ミチヌシヒメは目を見開いた。――そして。

「……芽衣。あなたは、私を止めにきたのね」

なにかを察した様子で、そう口にした。

もはや黙っていられず、芽衣は覚悟を決めてゆっくりと頷く。

「私は、この時代の者じゃありません……。あまり詳しいことはお話しできませんが、盟酒が盗まれたことは、未来に大きく影響します。……これは、本来起きるはずのなかったことです。なのに……」

「本来は起こるはずのなかったこと……？」

「どうして、盗ませたんですか……？」

芽衣がまっすぐに見つめると、ミチヌシヒメは深く俯く。――そして。

「……その様子ならば、あなたはきっと知っているのでしょう。……オウイガツの父神が、アメノミカゲだということを」

苦しげに、そう呟いた。

「ミチヌシヒメ様……」

「……私は、過ちを犯したの。……稲作とは相容れないと知りながら、鍛冶の神であるアメノミカゲに惹かれてしまった。……もし結ばれてしまえば、田がたちまち荒れ、皆から寄せられた願いを裏切ってしまうとわかっていたのに」

「そんな……」

「盟酒を使ってオウイガツの父親を捜す策には、ずっと前から気付いていたわ。……けれど、私はそれを止めるための手段を持たず……、いっそ、誰かが盗んでくれればと願うようになった。そしたら、――現れたの。息を呑む程に美しい女が」

「女……？」

それは、曖昧だった黒幕の存在が、はっきりと肯定された瞬間だった。

ミチヌシヒメは頷き、さらに言葉を続ける。

「女は、このままでは田は荒れ果て、なにもかもが破滅する不幸な未来が訪れると私に言ったの。……私は、それをどうしても止めたかった。すると、女は猩猩を使えと……。猩猩は酒に目がなく、盗ませれば最後、もはや誰にも見付けることはできず、盗まれたのなら誰も私を責めないだろうと」

ことの真相は、明らかになった。

首謀者はやはり甘い香りを放つ女であり、女はミチヌシヒメの心の弱い部分に付け込んでそのかし、猩猩を利用して酒を盗ませたのだと。

「その女は、猩猩を手懐けていたわ。……猩猩は知恵を持たないけれど、酒で操れるのだと。……私は、その提案に賭《か》けてみようと――」

「そんなの、駄目です……！」

ミチヌシヒメが言い終えないうちに、芽衣は思わず口を挟んだ。

その女の目的はわからないけれど、選んだ手口があまりにも卑怯《ひきょう》で、芽衣には込み上げる苛立ちを抑えられなかった。

「……猩猩もその女も、本来この時代でミチヌシヒメ様たちに関わるはずのない者たちです。言う通りにすれば、歴史が歪《ゆが》んじゃうんです。このままだと、オウイガツ様が……」

つい未来のことを口にしかけてしまい、芽衣は慌てて口を噤む。

「オウイガツ……？」

不安げに揺れる瞳を向けられると、心にヒリヒリと痛みが走った。

「すみません……、なにも言えないんです。……私、少し出てきますね」

「芽衣……、まさか、猩猩を追うつもりなの……？」

「追います。……それしか方法がないから。……ミチヌシヒメ様にとって、私がやろうとしていることは不本意なことだとわかっています。けど……、私は、あなたの味方なんです。……信じてもらえないと思うけど、本当です。……だから、なんとしても猩猩を見付けて、盟酒を返してもらいます」

「だけど……、そんなことをしたら、皆の願いが……！」

「……無責任な言葉かもしれないけど、ミチヌシヒメ様を本当にお慕いする方々なら、ミチヌシヒメ様がなにを犠牲にしてもいいなんて思ってないと思います。……好きなんですよね……？　アメノミカゲ様のこと」

ミチヌシヒメの瞳が大きく揺れた。

本来ならば、芽衣たちは誰にも気取られないよう猩猩の盗みを阻止する予定だったし、ミチヌシヒメが抱える葛藤に干渉するつもりはなかった。

ただ、盗ませていたのがミチヌシヒメ自身となると、そういうわけにはいかない。これまで心の中で燻《くすぶ》っていた気持ちが溢れ出し、芽衣にはもう止めることができなかった。

「この土地が稲作で繁栄したのは、ミチヌシヒメ様のお陰だと思います……。だけど、きっと理由はそれだけじゃない。ミチヌシヒメ様がお一人で全部抱え込む必要なんて、ないと思います……。それに、すべての希望が失われてもまた新しいものが生まれるって、私がこの世の中で一番信用してる人が言ってましたから……！」

ふと心の中に天の顔が浮かび、心がぎゅっと震える。

「芽衣が、この世の中で一番信用している者が……？」

「前に想い人はいるのか聞かれたときは、はっきり言えませんでしたけど……、この世の誰より信用してる、一番大好きな人がいます。……多分、結ばれてはいけない相手だし、想い続けることで大切なものを失いかけているけど、それでも、私は貫くって決めたから、迷いません。……ミチヌシヒメ様だって、一度は傍にいることを選んだんでしょう？」

「芽衣……」

「それこそ、あなたでなきゃ絶対にどうにもならないことです……！　もっと自分のこと、大切にしてください……！」

芽衣はそう言うと、部屋を飛び出した。

無我夢中に走って鳥居を潜ると、ふいに腕を引かれて体がふわりと浮かぶ。

驚いて見上げると、すぐ傍に天の顔があった。

天は芽衣を抱えたまま木の枝へ上り、山をぐるりと見渡す。

「天さん……！」

「……予想もしなかった展開だな。まさか共犯とは」

「聞いてたんですか……？」

「全部」

全部と言われ、思わず芽衣は動揺した。「この世で一番大好きだ」という、感情まかせの叫びが頭に蘇ってくる。

そんな場合じゃないのに頬が熱を上げ、芽衣は慌てて首を横に振った。

「……し、猩猩を、追わないと……」

無理やり気持ちを鎮めてそう言うと、天は小さく頷く。

「猩猩の足取りを追うのは難しいが、……幸い、残り香があるな」

「例の、甘い香りですか……？」

「おそらく、黒幕の女も猩猩に潜んでいたんだろう。……まだ、かろうじて追えそうだ」

天はそう言うと、目を閉じて周囲の香りに集中した。一方、芽衣には残り香なんてまったく感じられず、黙って天の様子を窺う。

すると、間もなく天は目を開け、狐に姿を変えた。

おそらく、香りが漂う方向を見定めたのだろう。芽衣が背中に掴まると、天はひらりと木の枝を飛び下り、山の奥へ向かって走りだした。

天が足を止めたのは、月明かりも届かない深い森の中。

天の背から下りた途端、キンと冷えた空気に包まれ、芽衣は両腕を摩《さす》った。

「……この辺りで香りが途切れてる。……おそらく、身を潜めてるんだろう。俺らが追っていることに気付いたのかもしれない」

「そんな……、もし、未来に帰っちゃったら……」

「それは心配ない。奴らもツクヨミに紛れなければ過去と現在を行き来できないはずだ。少なくとも、次の新月までは帰れない」

「なら、まだ希望はありますよね……」

芽衣はわずかな希望を胸に、ぐるりと周囲を見渡した。

ただ、気配を消せる猩猩を見付けるなんて可能なんだろうかという大きな不安もあった。

しかし、芽衣には、猩猩を探す以外の選択肢はない。

焦りに突き動かされるように山の奥へ向けて足を踏み出すと、ふいに、天に腕を掴まれた。

「阿呆《あほう》。それだけ気配をまき散らしていたら、亀にすら逃げられる」

「か、亀……」

反論しようかと思ったけれど、つい先日、蝦蟇《がま》捜しに手間取った芽衣はなにも言えず、押し黙る。

すると、天は芽衣を引き寄せ、両腕にすっぽりと包んだ。

「て、天さ……」

「……こっちも身を潜めて、油断させるしかない。幸い、山の中なら俺の匂《にお》いは紛れる」

天はそう言うと、ふたたび狐に姿を変えた。

たちまち柔らかい毛に包まれ、すっかり冷え切っていた体がじわじわと温まる。

一瞬、緊迫した状況を忘れてしまいそうな程の心地よさだった。

「暖かい……」

思わず呟くと、天が芽衣に鼻先を寄せる。

目の前で細められた目がガラス玉のように美しく、つい見入ってしまった。

思えば、狐姿の天を初めて見たのは、おはらい町で八十神《やそがみ》に追われたときのこと。

あの日、天と自分は住む世界がまったく違うのだとはっきり突きつけられた気がして、妙な寂しさを覚えたことはまだ記憶に新しい。

思えば、いつの間にかそんなことはすっかり気にならなくなった。

いつからかは思い出せないけれど、理由があるとすれば、芽衣がヒトであることを気にも留めず、当たり前に受け入れてくれている天と、やおよろずに集う面々のお陰だ。

脳裏にふと、ついさっきミチヌシヒメに宣言した、「貫くって決めたから、迷いません」という言葉が浮かぶ。

その思いは、口に出したことでさらに強さを増した。

もはや突き進むしかないのだと、芽衣は誓いを新たに天の鼻先に頬を寄せる。――そのとき。

「芽衣……、どこだ……？」

聞き覚えのある声に名を呼ばれ、芽衣は驚き体を起こした。

周囲を見渡せば、森の中にぽつんと立っていたのは、オウイガツ。芽衣は慌てて駆け寄り、その小さな体を抱き上げた。

「どうしてこんなところに……！」

「芽衣を追って来たのだ。……母上はお辛そうだったが、お前の言葉は不思議と心に響いた。……お前が必死に成し遂げようとしていることは、間違っていない気がする」

「オウイガツ様……」

「犠牲になるものとはどんなものか、それがどれだけ重要か、私は聞いておらぬしわからぬ。……ただ、母上には幸せに笑っていてほしい。きっと、芽衣もそうなのだろう。……だから、来た」

純粋な目で見つめられると、心がぎゅっと締め付けられた。

芽衣は頷き、オウイガツを強く抱きしめる。——すると。

「……芽衣」

続けて響いたのは、ミチヌシヒメの声。

視線を向けると、まだ少し迷いの滲む表情で芽衣を見つめるミチヌシヒメの姿があった。

「ミチヌシヒメ様も……」

「ええ。……本当は、まだよくわからないの。……けれど、オウイガツが言うように、芽衣の言葉が頭から離れない。無理に事実を歪ませて逃れた先に本当に希望があるのかと、初めて疑問を持ったのも事実。たとえなにかを犠牲にしようとも、生まれてくる新しい希望のために、正しく前に進むべきなのではないかと……」

「私は、そう思います……」

芽衣が頷くと、ミチヌシヒメは穏やかに笑う。

そして、突如、森をぐるりと見渡した。

「……猩猩よ、どうか出て来て頂戴。あなたに渡した盟酒を、ほんの少しだけ、返してほしいのです」

辺り一帯に、ミチヌシヒメの透き通るような声が響き渡る。まるでその声に応えるかのように、木々がざわざわと枝を揺らした。

やがて、ミチヌシヒメは袖の中からするりと瓶を取り出し、おもむろに蓋を取る。

その途端、ふわりと独特な香りが広がった。

「それ、お酒ですか……？」

「ええ。……盟酒はたしかに貴重だけれど、儀式のために作られるもの。けれど、この酒は皆に振舞うことを考えて作ったものだから、味もよく、香りも芳醇《ほうじゅん》なのです。……猩猩は、きっとこっちの方が好きだと思うわ」

つまり、ミチヌシヒメは、その酒と盟酒を交換してもらおうと考えているらしい。猩猩に声が届いているかはわからないけれど、ミチヌシヒメが言った通り、香りは驚く程に芳醇で、辺り一帯に濃密に漂った。

「な、なんか……、そのお酒、すごく強そう……」

思わずふらっとよろめく芽衣の背中を、いつの間にかヒトの姿に戻っていた天に支えられる。

その様子を見ながら、ミチヌシヒメが穏やかな笑みを浮かべた。

「ほんのかすかに知らない気配があると思っていたけれど……、狐が潜んでいたのね」

「黙っていてすみません……。彼は天さんといって、実は、二人で来たんです……」

「そうだったの。なんだか微笑ましくて……、少し羨《うらや》ましいわ」

「羨ましい……？」

思いもしなかった言葉に、芽衣は戸惑う。

すると、ミチヌシヒメは少し切なげに頷いた。

「ええ。この辺りに漂う盟酒の残り香のせいか、私には二人の絆が見えるのだけど……、少しの澱《よど》みもなく、二人とも、驚く程同じ色をしているわ。強い絆は片側だけでは成立しないのだと、改めて気付かされる程に。……だから、私は少し怖い」

「ミチヌシヒメ様……」

怖いと口にしたミチヌシヒメの気持ちが、痛い程伝わってきた。

同時に、たとえ神様でも誰かを想うときの不安は同じなのだと、身近にも感じられた。

不安げなミチヌシヒメがなんだか愛おしく、芽衣はそっと寄り添う。

「大丈夫ですよ」

「芽衣……？」

「ミチヌシヒメ様とアメノミカゲ様も、きっと同じ色をしてます。……私にも、見えてますから」

「そんなはずは……」

「いいえ、見えます」

芽衣はそう言うと、傍で心配そうに見守るオウイガッツを抱き上げた。

オウイガッツは少し戸惑いながらも、小さな手をミチヌシヒメに伸ばし、嬉しそうに微笑む。

「盟酒の力がなくたって、ずっとはっきり見えてますよ。……オウイガッツ様は、お二人の絆そのものでしょう？」

そう言うと、ミチヌシヒメは一瞬驚いた表情を浮かべ、それから、これまでに見たことがないくらい幸せそうな笑みを浮かべた。

目から大粒の涙がぽろりと溢れ、そのあまりの美しさに、芽衣は思わず息を呑む。

そして、ミチヌシヒメは酒の瓶を芽衣に託すと、オウイガッツを強く抱き寄せた。

「……確かに、その通りだわ」

その絞り出すような声に、芽衣の目頭がたちまち熱を持つ。慌てて涙を拭うと、天が呆れたように溜め息をついた。

「……お前、酔ってるだろ」

「ち、違います……！」

否定したものの、内心、そうかもしれないと考えている自分がいた。

酒の瓶から溢れる香りはとにかく強く、思考はふわふわと曖昧で、足元もなんだかおぼつかない。

もはや、天に支えられていなければ立っていられるかどうかも怪しいくらいの状態だった。

天もまた、少し辛そうに眉を顰《ひそ》める。

「だが、この酒の匂いは結構キツいな。……俺でも酔いそうだ。こんな作戦で猩猩が現れるなんて思ってなかったが……、無類の酒好きなら、寄せ付けられても不思議じゃない」

「天さんがそう言うくらいなら、よっぽど、です、ね……」

「おい……。芽衣……？」

もう、大丈夫だと言う余裕はなかった。瓶を天に預け、芽衣は森の空気を深く吸い込む。――そのとき。

突如、芽衣の視界に入った、鮮やかな赤色。

一気に酔いが醒め、芽衣は天の腕を引いた。

「天さん、あそこに……！」

芽衣が指差した先にいたのは、高い枝から芽衣たちを見下ろす真っ赤な影。――それは、間違いなく猩猩だった。

芽衣はその姿を見つめながら、ふと、奇妙な感覚を覚える。

自然の中では浮くはずの真っ赤な毛に包まれているというのに、猩猩は、むしろ森の一部であるかのように、不思議と景色に馴染んでいた。

枝の上から、警戒の滲む目でじっとこちらを窺っている。

そのとき、ミチヌシヒメは天から酒の瓶を受け取って、猩猩に手招きをした。

「……おいで。盟酒はお前が飲んでもおいしくないわ。……交換しましょう」

すると、猩猩は枝に長い尾を器用に巻き付けながら、ゆっくりと下りてくる。

あまりにあっさりと近寄ってくる様子に、芽衣はなんだか不安になった。

「ミチヌシヒメ様……、気を付けてください、罠《わな》かも……」

嫌な予感が込み上げ、芽衣はミチヌシヒメの袖を引く。しかし、ミチヌシヒメは首を横に振った。

「いいえ。……今は、あの女が纏《まと》う甘い香りがしませんから」

言われてみれば、社にも長く余韻を残していた甘い香りが、今はまったく感じられない。

つまり、今は女と一緒ではないのだろう。不思議に思っていると、天が意味深に笑った。

「……盟酒を無事盗み出し、策は概ね成功したと見て油断してるんだろう。その女が何者か知らないが、新月まで猿と過ごす理由もないだろうからな」

「じゃあ、猩猩は本当に単独で……？」

「おそらく」

そう言われて改めて猩猩を見てみると、興味津々に目を輝かせながら近寄ってくる様子は、まさに野生の猿そのものだった。

ついさっきまでは猩猩を恐ろしく感じていたというのに、芽衣はなんだか愛らしさすら覚える。

そして、猩猩はついに目の前まで来ると、ミチヌシヒメが抱える酒の瓶をじっと見つめた。

「いい子。……だけど、先に盟酒を渡してちょうだい。……それがないと、大切なことを証明できないの」

猩猩はこくりと頷き、懐から盟酒の瓶を取り出して、躊躇《ためら》いもなく差し出す。

どうやら、言葉は理解できるらしい。

「ありがとう。……では、これを」

猩猩は、代わりの酒を受け取ると、嬉しそうに目を細めて瓶に頬擦りした。

「な、なんだか……、おもしろい動物ですね……」

芽衣は、猩猩をまじまじと見つめる。

体の大きさは芽衣とさほど変わらず、初めて見たときにも感じたように、顔の造形がずいぶん整っていた。

どこか神秘的なオーラを纏い、芽衣は、精霊と表現した因幡の言葉に共感する。

ただ、大喜びする様子は少年のように無邪気で可愛らしい。

思わずその柔らかそうな毛に触れると、猩猩は気持ちよさそうに長い尻尾を揺らした。

「おい……、これ以上変なのに懐かれてどうする」

「だって……、思ってたより可愛いというか……。もっと乱暴なのかと思ってたのに、大人しいですし……」

「悪い奴じゃないのは確かだが……。特殊な能力を持つだけに、危険な存在にもなり得る。今回のように利用されることも多いだろう」

「確かに、そうですね……」

そう考えると、なんだか不憫《ふびん》にも思える。

しかし、猩猩は芽衣の心配を他所に、満足そうに瓶を抱きしめてひらりと木の枝に飛び上がった。

「猩猩！ 新月には忘れず戻ってね」

芽衣が慌てて声をかけると、猩猩は芽衣を見下ろし、こくりと頷く。

そして、まるで闇に溶け込むかのように、スッと姿を消した。

「不思議……」

芽衣は、ついさっきまで猩猩がいたはずの枝を茫然と眺める。

しかし、そのとき。ふいにさっきとは違う酒の香りが漂い、芽衣は我に返った。

「これって……、盟酒の香りですか……？」

「……ええ」

それは、さっきよりはずいぶん控えめながらも、甘く上品な香りだった。

ミチヌシヒメは盃を取り出してオウイガツに持たせ、そこに盟酒を注ぐ。

ついに例の術をはじめるのだと、芽衣は固唾を呑んでその光景を見守った。

「……この酒が、あなたを父上の元へ導いてくれます」

「母上……、いいのですか……？」

オウイガッは、少し戸惑っていた。

それは無理もなく、賢いオウイガッは、幼いながらも父親と会うことがなにを意味するか、察しているのだろう。

すると、ミチヌシヒメは優しく微笑み、オウイガッの頭を撫でた。

「あなたから父上を奪うようなことをして、ごめんなさい。……あなたが自ら選択し、思うように生きることも、私にとっては新しい希望だわ」

「ですが……」

「大丈夫。……あなたの父上は、とてもお優しいから。傍にいるだけで息が苦しくなるくらいに」

芽衣は二人の会話を聞きながら、傍にいるだけで息が苦しくなるという表現に共感していた。

ただ、それは、いつか別れがくることを予感しているせいだと、芽衣は過去の経験から知っている。

「──大丈夫ですよ、ミチヌシヒメ様。……次にお会いするときには、息苦しくなんてありませんから」

「芽衣……？」

「絶対」

芽衣がそう言い切ると、ミチヌシヒメは深く頷いた。──そのとき。

オウイガツが手にした盟酒が、かすかに光を放ちはじめる。

それはじわじわとオウイガツを包み込み、やがて、目を開けていられないくらいの光の塊《かたまり》となった。

「この光がオウイガツ様をアメノミカゲ様の元に導くんですよね……？」

「そのはずだが……」

「これだけ華々しく導かれたら、確かに証明にはなるかも……」

芽衣は目を手で覆いながら、少し後ろに下がる。

しかし、光はただゆらゆらと揺れるだけで、オウイガツも一向に動かなかった。

芽衣はだんだん不安を覚え、ミチヌシヒメの様子を窺う。──すると。

「……この反応は、もしかすると……」

ミチヌシヒメは、戸惑った様子でオウイガツの前に座り込んだ。

徐々に、上手くいかなかったのではないかという不安が心に広がっていく。

盟酒は一度猩猩の手に渡っているし、黒幕の女によってすり替えられてしまった可能性もなくはないと。――しかし。

「――おや。私とよく似た香りに釣られて来てみれば……」

突如響いた、知らない声。

同時に、どこからともなく男が現れ、おもむろにオウイガツを抱え上げた。

そして、それが合図であるかのように、盟酒が放つ光が徐々に弱まり、森はなにごともなかったかのように静まり返っていく。

芽衣は突然のことに声も出ず、ただ目の前の光景に目を奪われていた。

「……あれが、アメノミカゲだ」

「え……？」

天の言葉に驚きながらも、芽衣は密かに納得する。

なぜなら、二人は本当によく似ていた。アメノミカゲの片目は眼帯で覆われ、半分しか顔が見えないというのに、それでもはっきりとわかるくらいに。

そして、アメノミカゲは、袴姿に頭には手ぬぐいという、仕事中に抜け出してきたかのような出で立ちながらも、その顔は息を呑む程に美しく、精悍《せいかん》だった。

芽衣はふと、アメノミカゲは有名な美男だと表現した黒塚の言葉を思い出し、確かにその通りだと納得した。

やがて、アメノミカゲはオウイガツを抱いたまま、ミチヌシヒメの前に立つ。

「知らせてくれないとは、薄情なことだ」

責めているのに、その口調は驚く程に優しい。

ミチヌシヒメは目に涙を溜めて俯く。

「……互いに不幸になると思い……、私は……」

「優しい君のことだから、おそらくずいぶん悩んだことだろう。だが、私にとっては、この子の存在を知らされぬこと程不幸なことはない」

「……私は、怖かったのです。すべて、なかったことにしようと思いました。……けれど、年々オウイガツにはあなたの面影が色濃く表れ……、忘れるどころか、私は……」

「……もういい。この盟酒の導きが、すべての答えだろう」

アメノミカゲはそう言うと、ミチヌシヒメを抱き寄せた。

かすかな月明りの下、三人の影がひとつになる。

芽衣はその光景を静かに見守りながら、いろいろな葛藤があったものの、やはりこれでよかったのだとしみじみ思った。

そんな中、天が小さく溜め息をつく。

「それにしても、盟酒がいきなり派手な反応をすると思ったら……、アメノミカゲは近くにいたんだな」

「あ……、なるほど。すぐにいらっしゃいましたもんね」

「案外、待っていたんじゃないか。……ミチヌシヒメが自らの意志で自分に手を伸ばしてくることを」

やれやれといった口調で呟く天の予想に、芽衣は密かに納得していた。

むしろ、そうであればいいのにと思った。

「もしそうなら、狐たちに促されて盟酒の力を使った本来の歴史よりも、この方がよかったかもですね」

「……まあ、自分で選んだぶん、覚悟はできるだろうな」

天のなにげない言葉に、芽衣は深く頷く。

そして、――本当に、その通りだと。自分が抱える大きな覚悟のことを思った。

やがて、ミチヌシヒメが芽衣たちに視線を向ける。

その表情は、まるで憑《つ》き物が取れたかのようにスッキリしていた。

「芽衣、あなたはこの時代の者ではないと言っていたけれど……、ここに長くはいられないの？」

そう問われ、芽衣は、すべてを終えたことを改めて実感する。

「はい。……私たちは、次の新月に帰らないと……」

最初は心細かったけれど、ミチヌシヒメやオウイガツの傍にいればいつも暖かい気持ちになれたし、帰ると思うと途端に寂しさを覚えた。

すると、ミチヌシヒメは俯く芽衣の肩にそっと触れる。

「次の新月なら、まだ少し先でしょう。ならば、それまでは社に滞在すればいいわ。よければ、お連れの狐も」

「え……、でも……」

「オウイガツも喜ぶから」

それは、名残惜しく感じていた芽衣にとって、とても嬉しい提案だった。

ただ、騙していたも同然なのにと心が咎《とが》め、返事を躊躇う。

すると、アメノミカゲに抱かれたオウイガツが、芽衣に手を伸ばした。

「お前は私の世話係だろう。……文句を言わずにもっと働け」

芽衣の腕へと移ったオウイガツの体は、ほんのかすかに強張っていた。

賢いオウイガツのことだから、これから起こる様々な変化を予感し、戸惑っているのかもしれないと芽衣は思う。

芽衣はその小さな体を抱きしめ、深く頷いた。

「わかりました。……もう少しだけ、お世話になります」

今回の一件でなにより芽衣の心を打ったのは、オウイガツが抱えた、母を思う気持ちだった。

どんなに不安を抱えていようと、ミチヌシヒメの幸せを思って動ける強さに、何度心を打たれたかわからない。

芽衣は、そんなオウイガツの不安を少しでも取り除きたくて、こっそりと耳打ちした。

「ちなみに、……お父上と一緒にお過ごしになれば、オウイガツ様はきっとご自身の才にお気付きになりますよ」

「私の才……？」

「前にも言ったでしょう。周囲がどうしようもなく求めてくるような、特別な才です」

「そんなものが……、私にあるだろうか」

少しの不安と期待で瞳を揺らす様子がたまらなく愛しく、芽衣は思わず笑い声を零す。

　そして、力強く頷いてみせた。

「はい。――絶対に」


　ミチヌシヒメの厚意に甘え、芽衣たちは新月までの日々を社で過ごした。

　オウイガツの父親としてアメノミカゲを連れ帰ったことで、狐の遣いたちは大混乱だったけれど、盟酒の導きとあれば疑いようがないと、想像していたよりはすんなりと納得していた。

　もちろん、播磨に大きな変化が訪れるのはこれからであり、この平和がずっと続くわけではない。

　ただ、オウイガツが存在する未来こそ希望だと、芽衣は信じるしかなかった。

　そして、ついにやってきた新月の夜。

　芽衣たちは、ミチヌシヒメたちに見送られ、社を後にした。

　ひとまず伊勢に戻ると、芽衣たちはこの時代に送られたときと同じ場所に並んで座り、ツクヨミの迎えを待つ。

「……っていうか、猩猩を操っていた女の目的は結局なんだったんでしょうか……」

芽衣がふと口にしたのは、結局今もわからないままの、女の正体と目的。

猩猩を操って盟酒を盗ませたところで、その女にいったいなんの得があるのか、芽衣にはいまひとつよくわからない。

しかし、天はもはやあまり興味がないのか、肩をすくめた。

「いずれにしろ、小物だろう。妖なんて、どうせ意味のわからない奴だらけだ」

「ま、まあ……、それはそうかもしれませんけど……」

芽衣は頷いたものの、わざわざ過去に来てまで無意味なことをするとは思えず、ぼんやりと考え込む。

すると、そのとき。芽衣たちの周りに、小さな光が集まりはじめた。

「この光って、ツクヨミ様のお迎えですよね……？　猩猩、ちゃんと付いてきてるかな……」

「さあな。そんなに間抜けじゃないだろ」

「猩猩を操っていた女に、盟酒を返したこと怒られたでしょうか……」

「怒りたくても怒れないはずだ。所詮、その女は猩猩なしでは元の時代に帰れないからな」

「そっか。なら安心……」

芽衣はほっと息をついた。

やがて、光が強まるにつれ、頭がぼんやりしはじめる。

芽衣は、ミチヌシヒメやオウイガツと見た美しい風景を思い出しながら、きたる時を待った。

印象深く覚えているのは、咲き誇る梅の花。

「そうだ……、天さん、梅、植えましょうね……」

「……ああ」

なかば無意識に口にした言葉に返事が返され、芽衣は、繋いだ手にぎゅっと力を込める。

そして、眠るように意識を手放した。


気が付いたとき、辺りのあまりの暗さに芽衣は一瞬混乱した。

ガバッと体を起こすと、すぐに温かい体温に背中を支えられる。

「芽衣」

「天さん……！　えっと、ここって……」

「心配ない。戻ってる」

確かに、足下にあるのはやおよろずの瓦屋根。

「本当だ……」

安心すると共に、今度は、オウイガツは元通りになっただろうかという別の不安が過った。

すると、天は突如芽衣の手を引き立ち上がらせる。

「もうすぐ夜が明ける。……こっそり様子を見に行くか」

「様子見って、どこに……」

「オウイガツのところに決まってるだろう」

「播磨にですか？　……でも、さすがにお疲れでは……！　ついさっき伊勢まで走ったばかりなのに……」

「それくらいで疲れるわけないだろ」

芽衣の心配を他所に、天はあっさりと首を横に振る。そして、意味深に瞳を揺らした。

「……ただ、先に見せたいものがある」

「え……？」

芽衣は首をかしげるけれど、天はなにも言わずに狐に姿を変えた。背中に掴まると、すぐに移動を始める。

あまりの速さに景色は見えないけれど、芽衣は、徐々に明るくなっていく山の様子や、もうすぐ春を迎えようとしている草木の青々とした香りを堪能した。

やがて播磨に入り、天が足を止めたのは小高い丘の上。眼下には、自然と街並みが融合した豊かな風景が広がっていた。

「天さん、ここって……」

「荒田だ」

「え……？　荒田ってことは……」

つまり、目の前に広がっているのは、過去に延々と田園風景が広がっていたはずの場所。

今は、遠くまで見渡してみても、田んぼはほとんどない。まさに、稲作の神と鍛冶の神が結ばれることで田んぼが荒れてしまうという伝説通りだった。——けれど。

「……いい町ですね」

芽衣は、自然にそう呟いていた。

当時の皆の願いは叶えられなかったかもしれないけれど、目の前に広がる街並みは活気に満ち溢れ、人々のエネルギーが伝わってくる。

ぼんやりと見つめていると、ふいに、天が口を開いた。

「目に映るものが形を変えても、そこにかけられた思いは変わってない。……あのとき、たとえミチヌシヒメが身を引き、大切なものを守っていたとしても、所詮時代の移り変わりには抗えないし、守り続けられる保証なんてない」

「……その通りだと、思います」

「ただ、守りたいという思いだけは、ずっと消えなかったんだろう。この土地が今こうして豊かで、ミチヌシヒメの社が荒田神社として現存しているのが、その証拠だ。……願いは叶えられなくても、ミチヌシヒメに対する周囲の者たちの感謝は消えなかったってことだ」

「天さん……」

天がこんなにも自分の思いを語るのは珍しい。

驚いて見つめると、天は居心地悪そうに目を逸らす。

「……つまり、ミチヌシヒメのようにぐずぐず迷っていても仕方ないってことだ。先のことなんて、わからないだろ。俺に言わせれば、覚悟が足りなさすぎる」

「か、神様にそんなこと言っちゃ……」

「神だろうがなんだろうが、事実だ。……そろそろ行くぞ」

天はぶっきらぼうにそう言うと、芽衣に背を向け歩きはじめた。

芽衣はその後を追いかけ、なかば衝動的に天の袖を引く。

「天さん、……今さらかもしれないけど、私は覚悟してますよ……？　この先どうなるかわからないけど、たとえどうなっても後悔しません……！」

勢いまかせに口にした言葉すら、後悔はなかった。

すると、天はかすかに瞳を揺らす。

「……」

「天さん……？」

なんだか、いつも余裕の天らしくない反応だった。

芽衣が首をかしげると、天は明らかに戸惑った様子で、ふたたび背を向ける。

「あの……、なんか変じゃないですか……？」

「……変なのはお前だろ」

照れている気がする、と。

まさかの思いが過った瞬間、ふいに頭に蘇ったのは、「この世で一番大好きだ」と口にした記憶。

まさかアレを思い出しているのではと思い立つやいなや、芽衣の顔が一気に熱くなった。

これまで散々体を張ってきた理由は天と一緒にいるためであり、天をどれだけ必要としているかは、十分伝わっているはずだけれど、――考えてみれば、好きだとはっきり口にしたことはない。

案外、言葉の威力はあなどれないのかもしれないと、ふと思う。

目を合わせてくれない天が少年のようで、心に愛しさが込み上げてきた。

「あ、あの……」

「……なんだ」

「天さんは……？」

「は？」

眉をしかめる横顔を見て、芽衣はたちまち我に返る。

自分は天になにを言わせようとしているのだと、想像しただけで額に汗が滲んだ。

「い、いえ！　こ、後悔してないのかなと……！」

慌てて無理やり誤魔化すと、天はようやく芽衣に視線を向ける。

すっかりいつも通りに戻ってしまった涼し気な目に射抜かれ、心臓がドクンと大きく鼓動した。

「俺が後悔してたら、ミチヌシヒメに偉そうなこと言えないだろ」

「そ、そうです、よね……」

ふたたび歩きだす天を慌てて追いかけ、芽衣はほっと息をつく。――けれど、自分で誤魔化しておきながら、心の奥の方には物足りない気持ちが燻っていた。

今日の私はなんだか変だと、自覚した途端に少し冷静になる。

きっとミチヌシヒメたちの幸せな姿に影響されてしまったのだと言い訳し、芽衣は気持ちを切り替えようと首を横に振った。――しかし。

「俺も、――一番だと思う」

「はい……?」

天が急に立ち止まって口にしたその言葉を、芽衣はしばらく理解できなかった。

「いや、――思うじゃなくて、間違いなくそうだ。……どんなに考えても、他に覚えがない」

「あの……」

「お前が好きだ。……それに、信頼してる」

「……」

頭は真っ白で反応することもできず、芽衣はただポカンと見つめる。

するど、天はわずかに首をかしげ、芽衣の髪を撫でた。

「お前が訊いたんだろ」

「そう、なんです……けど」

「これも今さらだな。わざわざ言うまでもないのに」

思考がパニックを極める一方で、この人の照れるツボはいったいどうなっているのだと、冷静に考えている自分がいた。

ただ、繋がった手は、少し熱っぽい。

心は、これまでにない程、満たされていた。

もしかすると、天が言うように、自分たちの関係はわざわざ言うまでもなく、とっくに形になっていたのかもしれないとふと思う。

けれど、たとえそうだとしてもやはり言葉の威力は絶大だと、まったく落ち着く気配のない心が物語っていた。

「天さんには、……私との忘れられない一日、ありますか……？」

衝動的に口から零れたのは、いつか聞いてみたいと思っていた問い。

まだ芽衣がやおよろずに来て間もない頃、天は「たとえ何百万年生きたとしても、忘れられない一日くらいある」と話した。

その言葉は、ヒトである芽衣が神様たちと関わるための勇気になったし、心のどこかで、いつか自分との日々も、そういうふうに言われてみたいと思っていた。

緊張しながら見つめると、天はとくに考えることもなく、あっさりと頷く。

「それなら、うんざりするくらいある」

「うんざりって……。言い方……」

「お前程めちゃくちゃな女、そうそういないだろ」

思っていた反応と違い、芽衣はがっくりと肩を落とした。

けれど、天は口調とは裏腹に、少し寂しげに溜め息をつく。

「……いや、やっぱり、まだ足りない気がする。たとえお前がたった百年で死んでも、その先永遠に思い返しながら過ごすには、……どれくらい必要なんだろうな」

ぎゅっと心が締め付けられた。

思わず抱き着くと、天は抱き留めながら小さく笑う。

「まあ、どうせ嫌でも増える」

「できるだけ長く生きますね……！　一日でも長く……」

「ああ、頼む。……切実に」

その、なんの誤魔化しもない天の本音は、芽衣の心に深く染み渡った。

幸せなのに苦しい、複雑な気持ちが込み上げてくる。

ただ、どんなに苦しくとも、今日が自分にとってもっとも大切で、忘れられない一日になるだろうと、芽衣は確信していた。

同時に、天にはもっと、――思い出すだけでつい笑みが零れるような特別な思い出を作ってあげようと、心に誓った。

道主日女命《みちぬしひめのみこと》

播磨の荒田神社に祭られる神。稲作の神だが、天之御蔭命と結ばれたことによって稲作の才を失う。

天之御蔭命《あめのみかげのみこと》

高倉下の持つ「布都御魂剣」をはじめ、数々の名刀を打った鍛治の神。

第二章　縁結び神社に誘惑の香り

過去を修正したことで、消えかけていたオウイガツはすっかり元に戻ったらしい。

「アメノミカゲの鍛冶場には腕のいい跡取りがいる」と嬉しそうに報告をくれたのは、過去が変わり、芽衣たちに依頼するまでの経緯すべてをすっかり忘れてしまった高倉《たかくら》下《じ》。

仕方のないことだけれど、綺麗に修理された布都御魂剣《ふつみたまのつるぎ》を見せてもらいながら、芽衣は、まるで長い夢を見ていたかのような不思議な感覚が拭えなかった。

過去を変える前後の記憶を両方持っているのは、芽衣と天、ツクヨミや天照大御神、そして、猩猩《しょうじょう》と、――結局正体を掴めなかった、黒幕の女。

微妙にスッキリしない気持ちを残したまま、芽衣たちはひとまず日常に戻った。

――ものの。

「猩猩……！　駄目だよ、怒られるって……！」

なぜか、猩猩がやおよろずに居付いてしまった。

気配を消すことのできる猩猩は、ちょっと目を離した隙に天の部屋の酒を盗み、芽衣を悩ませている。

「……芽衣よ。猩猩なんてもっとも珍しい動物をいつの間に手懐けたのだ……。俺はときどき、お前が怖い」

「や、山で拾っただけだよ……」

「松ぼっくりのように言うが、幻の猿だぞ。重ね重ね、お前は謎の奇跡ばかり起こす奴だ……」

因幡は、芽衣が猩猩を追いかけ回す光景を見るたび不思議そうにしていた。

混乱を避けるため本当のことを言えない芽衣には、無理があると思いながらも、毎回適当に誤魔化すしかなかった。

ただ、そんな気苦労や手癖の悪ささえ除けば、猩猩がいることで、やおよろずにとっていい影響もあった。

なにより、猩猩の存在は、訪れる神様たちからとても喜ばれている。

なぜなら、完璧に気配を消すことができる猩猩は、因幡が言うように、幻の猿。

本来なら滅多に姿を拝むことのできない貴重な存在であり、目にしたことのある神様はほとんどいないという。

やがて噂が噂を呼び、やおよろずはみるみる繁盛した。

それもあってか、天は猩猩の盗みに関してまったく無関心だった。

「……また追いかけてるのか。もう放っておけ。気配を消して盗みを働く奴を、お前に捕まえられるわけないだろう」

猩猩を追いかけ回す芽衣を見かけるたび、そう言って呆れている。

「そ、それはそうかもしれませんが……」

「商品に手を出さないだけ、因幡よりマシだ」

どんなに部屋を荒らされても苛立ちすら見せず、ときには猩猩を晩酌《ばんしゃく》に付き合わせることすらあった。

やがて、天の部屋から酒がすっかり消えてしまった頃。

突如、大山津見《おおやまつみ》がふらっとやおよろずを訪れた。

「やあ芽衣、久しぶりだね」

「大山津見様……！」

大山津見とは、岡山《おかやま》の足高《あしたか》神社に祭られる山と酒の神で、やおよろずの常連。

天とは呑み友達のようなもので、酒に強い天ですら二日酔いで寝込む程に飲み明かしていた日のことは、まだ記憶に新しい。

　大山津見は、両腕に大きな酒の瓶を抱え、ずいぶんご機嫌な様子だった。

「しばらく顔を出せなかったが、ようやく手が空いた。天から大酒飲みの居候《いそうろう》が増えたと聞いて、今日は酒を多めに用意したよ」

「お酒を持ってきてくださったんですね……！　ただ……、おっしゃる通り、新しい居候はとんでもない大酒飲みで……、せっかくのお酒も一瞬でなくなっちゃうかも……」

「芽衣よ、私を誰だと思っている。酒ならこれの何倍もの量を遣いに託しているから、十分にある。後で運ばせよう」

「そ、そんなにたくさん……！」

　酒の神が十分と話す量とは一体どんなものかと、芽衣は苦笑いを浮かべる。

　すると、大山津見はふいに芽衣の顔を覗き込んだ。

「なんだか、雰囲気が変わったね。ヒトとはコロコロと変化するものだが、それにしても……」

「雰囲気ですか……？　私の……？」

「……天と、なにかあったかい？」

「はっ……⁉」

まさか言い当てられるとは思いもせず、わかりやすく反応してしまった芽衣に、大山津見がにやりと笑う。

もはや無駄だと知りながら、芽衣は慌てて首を横に振った。

「な、なにって言う程のことはなにも……！」

「今日は楽しい話が聞けそうだな」

「大山津見様……！」

「今夜は芽衣も一緒に飲もう。……他に、積もる話もあるからね」

「……っ」

そう言われると断ることもできず、芽衣は戸惑いながらも頷いた。

とはいえ、天が芽衣に好きだとサラリと口にして以降は、とくにこれといった変化はない。

元々距離感は近かったし、ぶっきらぼうながらも、これまでと変わらず過保護な扱いを受けている。

おそらく、天は言葉や形にたいした意味を感じていないのだろう。

むしろ、そこに拘《こだわ》るのはきっとヒトだけなのだと、神の世での生活が長くなってきた芽衣は、そう理解していた。

そんな中、いかにもからかってきそうな大山津見の来訪には、不安を感じずにいられない。

芽衣は、なにを言われても冷静にと自分に言い聞かせ、夜が来るのを待った。――ものの。

「――同じ部屋で寝泊まりしているとは、『なにって程のことはない』なんてよく言ったものだ」

天の部屋に呼ばれた大山津見は、部屋に入るや否やそう呟いた。

芽衣は大山津見の盃に酒を注ぎながら、これ以上ないくらいに動揺する。

「こ、これにはいろいろ事情がありまして……！」

「こらこら、溢れてるよ。……それに、今さら焦ることもないだろう。私は嬉しいのだ。女に目もくれなかった天が、ずいぶん成長したものだってね。……まあ、芽衣と初めて会ったときから、なにかが起こるような予感はあったけれど」

「予感、ですか……？」

「ああ。運命とは不思議なものだ」

大山津見はそう言いながら、盃の酒を一気に呷った。

こんなに喜ばれると、芽衣としてもなんだか嬉しい。

そんな中、天はあくまでマイペースに、当たり前に同席していた猩猩に酒を分けてやっていた。

大山津見はその様子を横目で見ながら、小さく溜め息をつく。

「それにしても……、天の女性の扱いの雑さをよく知る身としては、どうしても今後の心配が拭えない。芽衣よ、余計な世話と承知で言うが、武蔵《むさし》の川越《かわごえ》氷川《ひかわ》神社を訪ねてみてはどうだい？」

「川越氷川神社、ですか……？」

「ああ。……縁結びの神社だよ」

「縁結び……！」

どうやらまだからかわれているらしいと、芽衣は身構える。

けれど、大山津見は慌てて首を横に振った。

「そんな顔をするな。私は君たちの友人として、ただ見守りたいだけだ。川越氷川神社には、私の子、足名椎命《あしなづちのみこと》と手名椎命《てなづちのみこと》が祭られているんだよ」

「大山津見様の、御子神が……？」

「ああ。二人とも私の子だが、夫婦なんだ。ずいぶん長い年月連れ添っているけれど、見ているだけで微笑ましい程に仲が良い。きっと芽衣たちにとってもいいご利益があるよ」

ちなみに、神様たちがきょうだい同士で夫婦となることは、とくに珍しくない。まったく別の場所で出会った神様たちが実は親子だった、なんて話もザラにある。

「ずっと仲良しだなんて、素敵ですね……」

溜め息をつくと、大山津見はまるで自分のことのように嬉しそうに微笑んだ。大山津見の親の一面を見た気がして、ふと心が暖かくなる。

同時に、武蔵にあるという川越氷川神社に行ってみたい衝動に駆られた。

ただ、最近は猩猩のお陰でやおよろずは大繁盛しているし、おまけに、ここしばらくというもの、芽衣たちがやおよろずを留守にする機会が重なっている。

さすがに、行きたいと口にするのは躊躇《ため》われた。

大山津見もそれを察しているのか、それ以上強く勧めることはなく、やがて話題は移り変わる。

芽衣は、いつか行ってみたいと心の中で願うに留め、久しぶりの穏やかな時間を楽しんだ。

そのときの芽衣は、――まさか数日後に武蔵を訪れることになろうとは、想像もしていない。

＊

「──武蔵の……、川越氷川神社、ですか……？」

「……耳にしたことが？」

翌日、天照大御神の遣いが来て内宮《ないくう》を訪れた芽衣たちは、昨晩聞いたばかりの名前を耳にし、顔を見合わせた。

「あの……、そこって、大山津見様の御子神の神社ですよね……？」

「ええ。アシナヅチとテナヅチが祭られる場所です。……そういえば、大山津見とは親交があるとか」

「はい。つい昨晩も一緒にお酒を──」

答えながら、芽衣はふと嫌な予感を覚えた。天照大御神がここで話題に出すということは、なにか問題が起きている可能性があると。

すると、天照大御神は意味深に間を置き、静かに溜め息をつく。

「天、しばらくこの辺りを漂っていた奇妙な香りが突如消えてしまったことには、気付いていましたか？」

奇妙な香りと聞いた瞬間、芽衣の心臓が大きく鼓動した。

たちまち頭を過るのは、猩猩を操っていた女のこと。

オウイガツのことは解決したものの、結局その女が何者なのかは、最後までわからなかった。

天はゆっくりと頷く。

「しばらく残り香があったが……、そういえば、すっかり消えた」

芽衣は気付かなかったけれど、顔をしかめる天の様子を見るからに、かなり強烈だったらしい。

確かに、ミチヌシヒメの社で嗅いだときは芽衣ですら胸が焼ける程だったのだから、鼻が利く天が辛いのは当然だった。

すると、そのとき。天照大御神が衝撃の言葉を口にする。

「香りの主は移動したのです。武蔵の、――おそらく、川越氷川神社の方へ」

その瞬間、ふいに、天の瞳が揺れた。

芽衣の脳裏に、大山津見がアシナヅチとテナヅチのことを語ったときの、幸せそうな表情が浮かぶ。

「つまり、前に過去を変えようとした女が、次は川越氷川神社でなにかを企んでいるってことですか……？」

「おそらく。私は……、アシナヅチとテナヅチのことが、気がかりなのです」

芽衣は、衝動的に立ち上がった。

むしろ、それ以上の説明は必要なかった。

「芽衣……？」

「行きます……。それが、次に私が行くべき場所ってことですよね……？」

まだ尋ねられてもいないのに、芽衣はすでに心を決めていた。

天も同じ気持ちのようで、芽衣に続いて立ち上がる。

すると、天照大御神がかすかに笑い声を零した。

「……心を決めるのも、そして動き出すのも、いつも驚く程早いのですね」

「だって、神様たちみたいに何十年も悩んでたら、私なんてすぐ死ん……、すみません……」

本音とはいえ、いくらなんでも失礼だったと我に返り、芽衣は慌てて謝る。

けれど、天照大御神はただ静かに笑っていた。

「それが、ヒトの素晴らしいところだと私は思います。……芽衣、天。どうか、お願いします」

芽衣と天は、顔を見合わせ頷く。

こうして、――芽衣たちの、武蔵への旅が決まった。


「――その甘い香りは、飛縁魔《ひのえんま》かもしれないな」

やおよろずに戻ると、芽衣たちはまず先に大山津見にすべてを報告した。

過去での出来事から、ずっとつきまとっていた甘い香りのこと、そして、天照大御神から聞いた話まですべてを話し終えたとき、大山津見が口にしたのは、聞いたことのない名前だった。

「飛縁魔……？」

「狐の妖だ。飛縁魔というのは総称で、いたるところに存在するらしいが……、なにせ狐だから賢く、ややこしい術を使い、なにより悪知恵が利くという。もしそうなら厄介だね」

狐の妖と聞き、芽衣は無意識に天に視線を向ける。

すると、天はいかにも不快そうに目を細めた。

「……迷惑な話だ。というか、あれだけ濃い香りを撒《ま》き散らすような奴が賢いわけあるか。むしろ、無警戒にも程があるだろう」

「いや……、それが、そうでもないんだ。強い香りは飛縁魔にとって武器のようなものでね」

「武器、ですか……？」

芽衣にはその言葉の意味が理解できず、首をかしげる。

すると、大山津見は少し気まずそうに瞳を揺らした。

「芽衣。君は、飛縁魔の香りをどう感じた？」

「どう……って、とにかく甘ったるくて、胸やけがするような……」

「不快だったってことだね」

「そうですけど……」

「やはりそうか。……実は、飛縁魔の香りは、男と女で感じ方が違うらしい。……あれは、男を誘う香りなんだよ。飛縁魔とは、男女の仲を裂くことを楽しむ、趣味の悪い妖なんだ」

「え……？」

まさかの言葉に、芽衣は茫然と大山津見を見つめる。そして、その微妙な表情の意味を理解した。

改めて思い返してみれば、高倉下をはじめ、あの甘ったるい香りのことを不快だと表現した男性はいなかった。

それと同時に、芽衣は、ずっと疑問だった女の目的を察する。

猩猩を操っていた女の正体が飛縁魔だったとして、大山津見が言う通り男女の仲を裂くことを楽しむ妖だったなら、おそらく目的は、ミチヌシヒメとアメノミカゲが夫婦になるきっかけを奪うこと。

美男と有名で、妻以外に目を向けないアメノミカゲを誘惑する方法としては、確かに有効に思える。

現に高倉下は、アメノミカゲの鍛冶場で甘い香りが漂っていたと話していた。おそらく、誘惑しようと鍛冶場を訪ね、失敗したのだろう。

「つまり……、あの香りは、男の方にとっては魅力的だってことですか……？」

「まあ、……少なくとも、悪い心地ではない」

天さんもですか、と。芽衣はそう聞きかけて思い留まる。天だって男なのだから明らかに愚問なのに、もし頷かれてしまえば、ショックを受けてしまいそうだと。

しかし、どうやらわかりやすい反応をしてしまっていたらしく、天は呆れた表情を浮かべ、肩をすくめた。

「一応言っておくが、一緒にするなよ。……俺は狐だぞ。どんなものであれ、強い香りは不快だ」

「そ、そうなんですか……？」

芽衣がほっと息をつくと、大山津見が笑う。ただ、その表情にはいつになく翳《かげ》りがあった。

男女の仲を裂く妖に、自分の子供たちが目をつけられた可能性があるのだから、それは無理もない。

芽衣は、大山津見をまっすぐに見つめる。

「あの、大山津見様……、私たちが必ずアシナヅチ様やテナヅチ様をお守りします。天照大御神様も気にかけてらっしゃいましたし……」

そう言うと、大山津見は深く頷いた。——しかし、突如芽衣の両手を掴んだかと思うと、真剣な表情で見つめ返す。

「芽衣、……もちろん君たちを信用している。だが……、どうも気がかりで落ち着かない。……私も同行させてくれないか？」

「お、大山津見様が、一緒に……？」

「……なにかしていないと、悪いことばかり考えてしまう。決して邪魔はしないから、頼む」

「邪魔だなんて、とんでもないです……！　むしろ、大山津見様が来てくださるなら、とても心強いです……けど、すごくお忙しいんじゃ……」

大山津見は、以前やおよろずを訪れたときに、芽衣を邪神から救ってくれた。邪神をも欺《あざむ》く鮮やかな手腕は、今も忘れられない。

ただ、芽衣が心配だったのは、その多忙さ。神様たちは皆とにかく忙しく、大山津見だって例外ではない。

やおよろずを訪れたのもずいぶん久しぶりだし、いかに忙しい日々を送っていたかは、あえて聞くまでもなかった。

しかし、大山津見は首を横に振る。

「忙しいなんて言っている場合じゃない。……どうせ、今はなにをしても手につかないからね」

「大山津見様……」

ヒトの世で暮らしていた頃、芽衣が神様に持っていたイメージは、万能で、完璧で、手が届かないくらい遠い存在であるというとても漠然としたものだった。

けれど、そのイメージは、やおよろずで働くようになってからずいぶん変わった。

大山津見のように、なにも手に付かない程心配する様子を見ると、むしろ身近に感じられる。

「では、一緒に行きましょう！　飛縁魔がなにを企んでるかわからないけど、絶対に止めてみせます！」

芽衣がそう言うと、大山津見はほっとしたように微笑んだ。

二人のやり取りを黙って聞いていた天も、静かに頷く。

「……異論はないが、芽衣は少し落ち着け。お前が張り切るとロクなことがない」

「わ、わかってますよ……」

痛いところを突かれ、芽衣は口ごもる。

大山津見は、そんな芽衣をいかにも楽しげに、にやにやと眺めていた。正直、この生暖かい視線だけは居たたまれないものの、心強いことに変わりはない。

それに、さっきのような不安げな表情をされるよりは、ずっとマシだった。

芽衣たちが武蔵へ向かったのは、翌日の夜明け前。

連日満室のやおよろずを空けるのは心苦しかったけれど、こういう緊急時にいつも仲居を頼んでいる狐たちもずいぶん仕事が板についてきたし、燦は快く送り出してくれた。

ひとつ予想外だったのは、出かけるやいなや、大山津見が「少し寄りたい場所があるから後で合流する」と言い残し、別行動になったこと。

気にはなったけれど、ひとまず芽衣たちだけで川越氷川神社に向かい、到着を待つことにした。

いつも通り天の背に乗り、到着したのはちょうど朝日が昇りはじめた頃。

初めて訪れた川越氷川神社はとても立派で、十五メートル程ある大鳥居を潜った先には美しい小川が流れ、芽衣は思わず見惚れた。

そんな、静かで荘厳な雰囲気を持ちながらも、木で組まれたやぐらにたくさんの絵馬が掛けられていたりと、ヒトの気配も十分に感じられる。

「すごい……。綺麗だし、すごく広いですね……」

「ああ。境内に多くの摂社《せっしゃ》・末社《まっしゃ》を持つ、大きな神社だ。……ただ、早速だが、不穏な気配が漂ってるな」

「え……？」

天は眉を顰め、境内をさらに奥へと進む。

やがて拝殿《はいでん》が見えはじめた頃、突如、奥から一人の巫女が芽衣たちに駆け寄ってきた。

「お、お待ちしておりました……！」

「え……？　私たちが来ること知ってたんですか……？」

数々の神社を訪ねた芽衣は、いろんな巫女たちに会ってきたけれど、その個性は様々だ。

美しく、仕事が完璧な巫女もいれば、可愛らしくていかにも初心者といった雰囲気の巫女もいる。

今回は後者だと、芽衣はその落ち着きのない様子を見ながら、密かにほっとしていた。あまりに隙のない巫女は、どうしても緊張してしまうと。

「はい！　昨晩、大山津見様の遣いの方より知らせがありまして……！　早速本殿へご案内を……、あ、あれ……？　えっと、先に天様と芽衣様のお二人がいらっしゃると聞いておりましたが……」

「はい、その通りですけど……」

首をかしげる巫女に、芽衣たちは顔を見合わせる。

すると、巫女は突如、芽衣の後ろを指差した。

「で、ですが、ならばその猿は……」

「猿……？」

猿と聞いた瞬間、ふと頭を過る嫌な予感。

まさかと思って振り返ると、キョトンと首をかしげる猩猩と目が合った。

「う、嘘でしょ……！　付いて来ちゃったの……？」

猩猩は嬉しそうに目を細め、芽衣の背中に抱きつく。

天は額に手を当て、深い溜め息をついた。

「気配がないってのは本当に厄介だな……」

「ど、どうしましょう……」

「どうすることもできないだろ……。気配さえ消してくれれば邪魔にもならないし、放っておけばいい」

確かに、来てしまったものはもうどうしようもない。

芽衣は呆れながらも、猩猩の頭を撫でる。

「……巫女さん、そういうわけで、この子も一緒にいいですか……？」

「わ、わかりました……！　どうぞこちらへ！」

巫女は頷くと、芽衣たちを本殿へ案内した。

拝殿を通り過ぎて本殿の前に立つと、突如、木の扉が大きく開け放たれる。その瞬間、周囲の空気がガラリと変わった。

神社というのはとても不思議な場所で、神の世とヒトの世が絶妙なバランスで交錯している。

川越氷川神社に関しては、その境目が本殿の扉なのだろう。

芽衣は案内されるまま本殿に足を踏み入れ、長い廊下を一番奥まで歩いた。

やがて、巫女が足を止めたのは、突き当たりにある部屋の前。

障子の奥から伝わってくる清らかな空気に、芽衣は、ここがアシナヅチとテナヅチの部屋だと察した。

しかし、障子を開けた瞬間、――芽衣は、目の前の光景にいきなり絶句する。

「あ、あの……」

そこにいたのは、小さくうずくまる姫神。

美しい着物も長い髪も乱れ、顔を覆っておいおいと泣いていた。

「……わかりやすいな」

ボソッと呟く天を慌てて小突き、芽衣は姫神の前に膝をつく。

「テナヅチ様、でしょうか……」

問いかけると、姫神はガバッと顔を上げ、いきなり芽衣にしがみついた。

「あなたは、父上からの知らせにあった、ご友人の……？」

「友人って言われると恐れ多いですが……。芽衣といいます。後ろにいるのが天さんで、しがみついてるのが猩猩です……。大山津見様も、少し遅れていらっしゃいますよ」

「ああ……、こんなにも助けを寄越してくれるとは、なんとありがたいことでしょう……！」

ボロボロと泣くテナヅチの姿を見て、芽衣は、神様の個性も巫女以上に様々だと改めて思う。

ただ、今はそんなことを悠長に考えている場合ではなかった。この様子から察するに、すでになんらかの事件が起きてしまっているらしいと。――しかし。

「早速ですけど、お話を伺ってもいいですか？　天照大御神様からは、不穏な影がこの辺りに迫っているって聞いてきました。なにか、異変とかは……」

そう尋ねた芽衣に、テナヅチは大きく首を横に振った。

「不穏な影のことは確かに噂されていますが、芽衣……、私は今、それどころではないのです！」

「……はい？」

まさかの言葉に、芽衣は面食らう。

　そんな芽衣を他所に、テナヅチはふたたび袖で顔を覆った。

「アシナヅチが……、私のアシナヅチが、私を裏切ってここから出て行ってしまったのです……！　長い年月、共に支え合って暮らしていたというのに……！」

「えっと……、アシナヅチ様って、旦那様ですよね……？　あの、喧嘩でも……？」

「いいえ、なんの前触れもなく、突然のことです。しかし、アシナヅチの部屋には女の残り香が……！」

「女の、残り香……」

　芽衣は、すべてを察していた。

　振り返ると、天も同じことを考えていたのか、やれやれといった表情で頷く。

「ねえ猩猩、飛縁魔の香り、残ってる……？」

　芽衣が尋ねると、猩猩は悩む様子もなくあっさりと頷いた。

「……やっぱり。テナヅチ様、それこそ不穏な影の仕業です。少なくとも、裏切られたわけじゃないと思いますから、悲しまないでください……！」

「それは、どういうことですか……？」

「飛縁魔という妖で、魅力的な男性を見ると奪いたくなる悪癖があるらしく……」

「……それはつまり、アシナヅチが飛縁魔に気に入られてしまったと……？」

「わかりませんが、攫《さら》われた可能性はあります」

芽衣がそう言うと、ようやくテナヅチの涙は止まった。――けれど。

「……妖に誘惑され、のこのこと付いて行ってしまったと……？」

「はい？　……あ、あの、ちょっとニュアンスがおかし……」

「ゆ、許せませぬ……！」

テナヅチは、ふたたびボロボロと涙を零す。しかし、今度は顔に怒りを滲ませていた。

どうすることもできずにオロオロしていると、天が大袈裟《おおげさ》な溜め息をつく。

「これは、だいぶ面倒臭いな」

「ちょっ……、天さん……！」

慌てて天の失言を咎めたものの、しっかり聞こえていたらしく、テナヅチは天を睨み付けた。

「そこの狐。……お前のようないかにも粗暴な者には無縁の事態かもしれませぬが、アシナヅチは優しく、この世の者とは思えぬ程に見目麗《みめうるわ》しく、妖が心を奪われても不思議ではない尊い存在なのです」

「……その自慢の尊《とうと》い旦那が、妖に誘惑されて付いて行ったんだろ」

「ちょっと天さん……！」

どうやら、この二人は相性が悪いらしい。今にも喧嘩が始まりそうだと、芽衣はヒヤヒヤしながら二人の間に割って入る。

「と、とにかく……！　アシナヅチ様は必ず私たちが連れ戻しますから……！　すぐに、なにもかもが元通りです！　ご安心ください！」

「本当ですか……？」

「大丈夫です！　すぐ捜します！」

芽衣は強引に場を収束させ、天の腕を引いてテナヅチの元を離れた。

そして、後ろで控えていた巫女を捕まえる。

「あの、お部屋をご用意いただけますか……？」

「も、もちろん、です……！」

巫女も芽衣と同じ心境だったようで、目を白黒させながら何度も頷くと、障子を開けて廊下に出た。

部屋に案内されると、芽衣は畳に崩れ落ち、ぐったりと脱力する。

「天さん……、あまり煽《あお》らないでください……」

「煽ったつもりはない。面倒臭いのは本音だ」

「本音だとしても、口に出しちゃダメなんですってば！　アシナヅチ様が行方不明になられて、テナヅチ様は心を痛めてらっしゃるんですから……」

「心を痛めている割には、なかなかの嫌味だったが」

「また神様に失礼なこと……」

そもそも天には、神様を崇《あが》める性分はない。

それは出会った頃からまったくブレておらず、天にとって神様とは、やおよろずの客以上でも以下でもないらしい。

茶枳尼天のことすら、あくまで保護者的感覚で懐いているに過ぎない。

元は野生の狐なのだから、そんないわれもないのだろうと理解しているものの、今回のように言い争いが始まるとハラハラしてしまう。

「とにかく、気が合わなそうだってことはわかりましたけど……、少し我慢してください……。それに、大山津見様の御子神ですよ……？」

「それを言うなら、ほとんどの神はどっかで繋がってる」

「そ、それはそうですけど……、お二人のことはすごく気にかけてらっしゃるみたいでしたし……」

「あんな様子じゃ、心配にもなるな」

「天さん……」

なにを言ってもあっさり言い返され、芽衣は頭を抱えた。とはいえ、天がここまであからさまに不満げな姿は久しく見ておらず、芽衣は妙な懐かしさを覚える。

思い返してみると、芽衣がやおよろずで働き始めた当初の天は、いつもどこか不機嫌だった。

当時の、妙な緊張感に包まれていた日々を思えば、天はずいぶん穏やかになったと改めて思う。

「どうした、……急に黙って」

「あ……、いえ、ちょっと昔のことを思い出して」

「昔？　……ヒトの世にいた頃のことか」

「いえ、やおよろずに来た頃のことです。天さんがなにを考えてるかよくわからなくて、怖かったなぁって。いつもさっきみたいにふきげ……」

余計なことを言いかけて、芽衣は慌てて口を噤んだ。

しかし、どうやら手遅れだったらしく、天は居心地悪そうに目を逸らす。

「仕方ないだろ。……あの頃は、ヒトと関わりたくなかった」

「にしても、ずいぶん冷たかったですよ。……あの頃、心が折れてなくて本当によかったなぁ」

「……」

天は眉間《みけん》に皺《しわ》を寄せ、芽衣の横に腰を下ろした。

とくに弁解するわけでもないけれど、触れ合った肩から伝わる体温が、すべてを代弁しているように優しい。

黙って座っているだけで、気持ちが徐々に落ち着きはじめる。

同時に、辛そうに泣いていたテナヅチの気持ちを想像し、胸が苦しくなった。こんな温もりを急になくしてしまったら、どんなに耐えがたいだろうと。

「……私は、取り乱しても仕方ないと思います……。ずっと一緒だった相手が、急にいなくなったら」

天は、とくに聞き返さなかった。壁に頭を預け、天井を仰ぎながら溜め息をつく。

「にしても、仮にも神だぞ」

「同じなんですよ、きっと。……むしろ、なにもかも完璧だったら、ヒトの気持ちなんて汲《く》めないじゃないですか。でも、この神社の境内には、願いが込められた絵馬だらけでしたよ」

「……一理ある」

意外にも納得され、芽衣は思わず笑った。

「まあ、私なら自分で意地でも捜しますけどね」

「……お前はそうだろうな」

天が堪えられないとばかりに笑い、芽衣はほっと息をつく。

「でも、たくさんの思いが詰まるテナヅチ様は、簡単にここを空けるわけにはいかないでしょうから……、私たちが捜してあげましょう……？」

おそるおそる様子を窺うと、天は不本意そうに眉を顰《ひそ》めた。

「……まさかお前、俺を説得してるのか」

「え？　……だって、気乗りしないのかなって……」

「……それとこれとは話が別だ。そもそも俺は最初から、神がどうなろうと別に興味がない」

天はそう言って芽衣の手を取ると、指先にある、血の出ない傷にそっと触れる。

そんなことないくせに、と。照れ隠しの嘘に心の中で反論しながら、芽衣は天の手を握り返した。

「……そろそろ捜しに行くぞ」

「そうですね……！　早く連れ戻してあげなきゃ」

「飛縁魔の香りを辿ればすぐに見つかるだろ」

腕を引かれ、芽衣は立ち上がる。ただ、そのときの芽衣は、余裕な様子の天と違ってなんとなく嫌な予感を覚えていた。

今回は飛縁魔の仕業だとほぼ確定しているし、これまでに会ってきた妖たちと比べれば、直接危害を加えられるような危険もなさそうなのに、妙に落ち着かない。

芽衣は、悲しげに泣くテナヅチの姿を見たせいで感傷的になってしまったのだろうと、気持ちを切り替えた。

飛縁魔の香りを追って芽衣たちがやってきたのは、秩父《ちちぶ》に程近い山の中。気付けば神社からずいぶん離れてしまっていた。

甘い香りは、もはや天の嗅覚を頼らずともわかる程、明らかに濃くなっていく。

ただ、ヒントがあるのはありがたいけれど、芽衣にとってその甘ったるい香りはかなりの障害だった。

だんだん息をするのが辛くなり、ついには頭が疼きはじめる。やがて限界を迎えた芽衣は、耐えられずにその場に座り込んだ。

「大丈夫か？」

「はい。……少し、休めば……」

そうは言ったものの、辺りに漂う香りは、息を吸うたび喉が焼けつく程に甘い。

天も強い香りは苦手だと言っていたけれど、芽衣とは受けるダメージに明らかな差があった。

「おそらく、この香りには女を寄せ付けない効果があるんだろう。男女を引き裂き奪うからには、女は邪魔だろうからな」

「……何度聞いても最低な妖……」

腹は立つものの、香りが邪魔していつものように動けず、芽衣はがっくりと項垂れる。

すると、見かねた天が、芽衣を軽々と抱えた。

「ちょ、天さ……」

「一旦戻る」

「え、どうして……！」

「これ以上は無理だ。……香りにはいずれ耐性がつくし、焦る必要はない」

「そんな……、まだなにも見付けられてないのに！　大丈夫ですから、もう少しだけ……！」

慌てて天の腕から下りようとしたけれど、もはや両腕には力が入らず、抵抗もままならない。

　これでは確かにどうしようもないと、芽衣は諦めて肩を落とした。

「……すみません」

「別に、気にすることはない。戻ったら、着物の移り香でゆっくり慣れろ」

「はい……」

　すぐに解決できると思っていたのに、予想だにしない誤算だった。

　明らかに足を引っ張っていることが、悔しくてたまらない。

　とはいえ、無理して続けたところで状況が良くなるとは思えず、芽衣は渋々納得して神社に戻った。

　用意された部屋に戻って障子を開けると、いつの間にか姿を消していた猩猩に迎えられる。

「あれ……？　どこに行ってたの……？　ってか、手に持ってるのってまさか……」

　猩猩が嬉しそうに抱えていたのは、酒の瓶だった。どこかで盗んできたのではと、芽衣は焦って猩猩に詰め寄る。

　しかし、天はそんな芽衣を止め、無理やり座らせた。

「いいからお前は休め。……だいたい、猩猩を問い詰めても無駄だ。こいつの手癖の悪さは治らない」

「でも……！」

「旦那を盗む奴よりマシだろう」

「どっちがマシって問題じゃないです……」

「とにかく、寝てろ」

天はそう言うと、押入れから布団《ふとん》を引っ張り出して手早く広げ、その横に衝立《ついたて》を動かし、猩猩に視線を向ける。

「……猩猩、お前は変な奴がこないよう衝立の前で見張ってろ」

猩猩はこてんと首をかしげてから、キッと小さく鳴いた。

そのやり取りを聞き、芽衣はふと不安を覚える。

「あの……、天さんは、どこかへ行かれるんですか……？」

「俺は、もう少し捜す」

「え……？」

天はまだ飛縁魔を捜す気なのだと察し、ふいに、心に小さな痛みが走った。

ならば自分もと言いかけ、芽衣は口を噤む。散々足を引っ張って戻ってきたばかりだというのに、さすがに言えなかった。

天は、肩を落とす芽衣の傍に膝をつく。

「山にはあの香りが充満しているし、動き回るのはキツいだろ。飛縁魔には、男を引き込むための拠点があるはずだから、俺は先にそこだけでも突き止めておく」

「拠点を見付けるだけですか……？　戻ってきますよね……？」

「ああ。必ず」

本当は納得したくなかったけれど、天の判断が正しいのは明らかで、これ以上迷惑をかけるわけにはいかなかった。

すると、天は早速立ち上がり、ふたたび障子を開ける。

「天さん……」

無意識に名を呼ぶと、天は振り返って小さく頷き、あっという間に姿を消してしまった。

部屋は、たちまちしんと静まり返る。

芽衣は寂しさを覚え、布団に潜り込んだ。そして、とにかくこの頭痛を治さなければと目を閉じる。

頭はずっしりと重く、森で受けたダメージの重さを実感した。

やがて、芽衣は気絶するように意識を手放す。

次に目を覚ましたときには、天が傍にいますようにと願いながら。

とても嫌な夢を見た。

内容は目覚めた瞬間に忘れてしまったけれど、心のざわめきは、なかなか収まらなかった。

部屋は真っ暗で、日はすっかり落ちてしまっているらしい。

けれど、天の気配はなかった。

あれからどれくらいの時間が経ったのだろうと考えながら、芽衣は上半身を起こす。

――瞬間、部屋にかすかに漂う、覚えのある香りに気付いた。

――この香りは……。

さほど濃くはないけれど、それは間違いなく飛縁魔の香り。芽衣の体をたちまち緊張が走り、ふらつきながらも立ち上がる。――そのとき。

「キッ？」

すぐ傍から響いた、のん気な猩猩の声。

芽衣が視線を彷徨わせると、暗闇に慣れはじめた目にぼんやりと浮かび上がる、鮮やかな赤い毛。

「猩猩……！　なにしてるの……？」

尋ねると、猩猩はずいぶんご機嫌な様子で、空になった酒の瓶を掲げてみせた。その緊張感のなさに、芽衣はがっくりと項垂れる。——しかし。

「盗んだお酒、飲んじゃ駄目だよ……。ってか、そもそもそのお酒どこから——」

そう言いかけ、芽衣は思わず言葉を止めた。

猩猩が瓶を振り回すたびに、甘い香りが濃さを増した気がしたからだ。

まさかと思いながらも、芽衣は猩猩から瓶を奪い取って中の香りを確認する。——

その瞬間、心臓がドクンと大きく鼓動した。

それは、間違いなく飛縁魔の香り。

甘い香りは、明らかに酒の瓶から漂っていた。

「……猩猩、このお酒ってまさか、飛縁魔の拠点から盗んできたの……？」

「キッ」

あっさりと頷かれ、芽衣は頭を抱える。

思い返してみれば、本殿に案内された頃から、しばらく猩猩は姿を消していた。

猩猩は、どうやらあの隙に飛縁魔の拠点へ行っていたらしい。

「どうして言ってくれないの……！　……って、喋《しゃべ》れないか……。にしても、そのお酒の香り、さっきは蓋が閉まってたから全然気付かなかった……」

仕方がないとはいえ、猩猩がとうに飛縁魔の拠点を探し当てていたという事実に、芽衣はがっくりと項垂れる。

ただ、いずれにしろ、大きな収穫であることは間違いなかった。

「……ねえ、お願いがあるの」

猩猩の目を見つめて強く手を握ると、猩猩は、こてんと首をかしげる。

「飛縁魔の拠点の場所、わかるんでしょう……？　天さんが戻ってないってことはまだ拠点を見付けられてないってことだと思うし、私を連れて天さんを追ってくれないかな……？」

拠点の場所さえわかればこの件はたちまち解決に向かうはずだと、芽衣は期待を込めて猩猩を見つめた。

幸い、甘い香りの不快感もかなりマシになっている。おそらく、天が話していたように、多少は耐性がついたのだろう。

すると、猩猩はキッと鳴いて勢いよく立ち上がった。――ものの。

突如バランスを崩し、畳に崩れ落ちてしまった。

「ちょっ……、猩猩、どうしたの……？」

慌てて体を抱き起こすけれど、猩猩の目はトロンとし、焦点が合っていない。

「ま、まさか……。酔い潰れちゃったの……？」

「キッ……」

「なんでそんなに一気に飲むの……！」

芽衣は、畳に転がる空になった酒の瓶を見つめ、その大きさに改めて愕然とした。酒の容れ物としては見たこともないようなサイズで、もはや一升二升どころの騒ぎではない。

これだけ飲めば、どれだけ酒に強くとも、さすがに立っていられないだろう。

猩猩は間もなく気持ちよさそうに寝息を立てはじめ、芽衣は頭を抱えた。

けれど、こうなってしまった以上はどうしようもなく、芽衣は猩猩の体を引きずって無理やり布団まで運び、重い溜め息をつく。

そして、天のことを思い浮かべた。

「大丈夫かな……」

芽衣が眠ったとき、外はまだ明るかった。

今の時間はわからないけれど、もうすっかり日が落ちているし、天が出かけてからかなりの時間が経っていることは間違いない。

天は飛縁魔の拠点を見付けたら戻ると言っていたけれど、天に限ってこんなに苦戦するだろうかと、ふと疑問が浮かんだ。

――もしかして、一人で拠点に乗り込んでたり……。

一度疑問を持ってしまうと、不安はたちまち膨らんでいく。芽衣はいてもたってもいられず、部屋を出てあてもなく廊下を歩いた。

動いていれば少しは気が紛れるだろうと思っていたけれど、しばらくウロウロしたところで、心のざわめきは収まらない。

やがて、テナヅチの部屋の前を通りかかったとき、ふいに悲しげな泣き声が聞こえてきて芽衣は足を止めた。

――ずっと泣いてるんだ……。

テナヅチの気持ちを思うと胸が苦しくなって、芽衣は障子をそっと開ける。

「テナヅチ様……、大丈夫ですか……？」

控えめに声をかけると、テナヅチは顔を手で覆ったまま、首を横に振った。

「いいえ。……今はなにひとつ手につきませぬ」

「気持ちは、わかります……」

「アシナヅチが戻らないのなら、いっそ私はこのまま消えてしまいたい」

「そんなこと言わないでください……」

テナヅチの震える声を聞いていると、芽衣までその深い悲しみに飲まれてしまいそうだった。

「今、天さんが飛縁魔の拠点を探してるんです。きっとすぐに見付けてくれますから、待ってましょう……？」

芽衣は自分を奮い立たせるように、明るい声を出す。——けれど。

「……狐が、飛縁魔の元へ……？」

テナヅチがふいに顔を上げ、芽衣は突如、嫌な予感を覚えた。

テナヅチは芽衣の手を取ると、苦しげに首を横に振る。

「……芽衣。残念ながら、狐もきっと、もう……」

「え……？」

「飛縁魔とやらの誘惑は、よほど魅力的なのでしょう。……長い年月、一度たりとも私以外に目を向けたことのないあのアシナヅチが、私の存在を忘れてしまうくらいに。……狐もきっと、今頃は……」

「そんな……」

いつもの芽衣ならば、そんなに悲観的になることはないと、二人ともきっとすぐに戻ると、元気付けるための言葉をかけられただろう。

けれど、そのときの芽衣は、心に燻っていた不安が煽られる一方で、上手く言葉が出てこなかった。

必死に保っていた強い気持ちが、徐々に崩れていく。

このままではまずいと、芽衣は慌てて立ち上がった。

「テナヅチ様……、少しでいいから、休んでくださいね」

そして、逃げるように部屋を後にし、そのまま外へ出て冷たい空気を胸いっぱいに吸い込んだ。

体が冷えると共に、思考も少しずつ冷静さを取り戻していく。

けれど、テナヅチの言葉はいつまでも頭にこだましていて、嫌な想像から離れることができなかった。

――本当に誘惑されてたら……。

そんなことはあり得ないと、いつもならあっさりと否定してしまえるような可能性が、心を支配していく。

「あの香りは狐にはキツいって言ってたし……」

芽衣はまるで自分に言い聞かせるように、ブツブツとひとり言を繰り返しながら、境内を歩いた。——そのとき。

「芽衣様……？」

ふいに名を呼ばれて顔を上げると、絵馬が掛けられたやぐらの前で呆然と立ち尽くす、巫女の姿。

巫女は芽衣と目が合うやいなや、突如、大きな目からボロボロと涙を零す。

「ど、どうしたの……？」

慌てて駆け寄り膝をつくと、巫女は勢いよく芽衣に抱きついた。

「芽衣様……、た、たくさんの、ね、願いが……」

「願い……？」

「尊い……、願い、なのに……、す、すべて、駄目に……」

「駄目？　……どういうこと？」

巫女は、何度もしゃくり上げながら一生懸命訴えるけれど、あまりにたどたどしく、はっきり聞き取れない。

すると、巫女は涙を浮かべた目で芽衣を見つめ、それから頭上を指差した。

視線を向けた瞬間、芽衣の頭は真っ白になる。

「なに……、これ……」

目の前に広がっていたのは、数えきれない程の絵馬が、すべて真っ黒に澱んでいく不穏な光景。

呆然と見つめる芽衣に、巫女は涙を拭いながら言葉を続けた。

「きっと、テナヅチ様とアシナヅチ様が離れ離れになり……、たくさんの疑念と、悲しみに満ちてしまったせいです……。このままでは、絵馬に込められた縁結びの願いは、すべて悲しい結末に……」

「ねえ……、これって全部、ヒトの願いだよね……？」

「は、はい……！　長い年月一日たりともかかすことなく、お二人が成就をお祈りしてくださっていました……」

「……」

巫女の言葉を聞き、芽衣は言葉を失う。ただ、恐怖を覚える一方で、密かに心を打たれてしまっている自分がいた。

人々が絵馬にしたためた願いは、とても大切に扱われていたのだと。

「きちんと、伝わっていたんだね。……私たちの、願い」

「もちろんです！　……ですが、その尊い願いが今、こうして……！」

「……私だってヒトだから、……祈り続けてくれた恩返しをしなきゃ」

「芽衣様……？」

それは、肝が据わった瞬間だった。

巫女は、突如声色の変わった芽衣を、ポカンと見つめる。

「ありがとう。……いい話が聞けて、覚悟が決まった」

「あの……」

「……なにがなんでもアシナヅチ様を連れ戻すから待ってて。……まずは、意地でも猩猩を起こさなきゃ」

芽衣はそう言うと、巫女の頭を撫でて微笑む。すると、巫女の出しっぱなしの耳がぴょんと立ち、目にもかすかに光が宿った。

「で、ですが、お一人でご無理は……」

「ちょっとくらい無理するよ！　私だって、天さんが戻ってきてくれなきゃ駄目になっちゃうもの」

思いのまま口にしたその言葉が、芽衣にとってはすべてだった。

芽衣は巫女に手を振り、本殿に向かって走る。

途中、ふと思い立って、猩猩の酔い覚ましにと境内に湧き出る御神水を桶《おけ》に汲み、部屋に駆け込むやいなや、大の字になって眠る猩猩の肩を揺らした。

「猩猩、お願い！　一生のお願い！」

猩猩は細く目を開け、芽衣をチラリと見つめる。

「お酒なら、また私から大山津見様にお願いしてあげるから……、今はどうか酔いを醒まして！」

無理やり体を起こし、御神水の入った桶をぐいぐいと押し付けると、猩猩は眠そうな目を擦《こす》りながらふわっとあくびをした。

そして、少し気だるそうに頭をぽりぽりと掻き、桶の水を一気に飲み干すと、不安げに見つめる芽衣に笑みを浮かべた。

「えっと……、協力してくれるってこと……？」

「キッ」

「ありがとう……！」

いたずらっ子で、酒にはだらしないけれど、芽衣の言葉は案外素直に聞いてくれるらしい。

芽衣は早速猩猩の手を引いた。

「先に天さんを見付けて、それから飛縁魔のところに連れて行ってほしいの……！」

すると、飛縁魔の香りを辿るようにくんくんと鼻を動かし、それからこくりと頷く。

そして、おもむろに芽衣の体を抱え上げ、肩に担ぐと窓から宙に舞い上がった。

「ちょっ……！」

あまりの素早さに、芽衣の頭は真っ白になる。

一方、猩猩はパニックに陥った芽衣を他所に、ありえない速さで移動をはじめた。

目の前の景色はめまぐるしく流れ、焦点が定まらない。

おまけに、木の枝を渡っているのかやたらと上昇下降が激しく、ときどきゾクッと内臓が浮くような感覚を覚えた。

運んでもらっておきながら文句は言えないが、あまりにも恐ろしく、芽衣は目を固く閉じる。

ただ、そんな恐怖の中でさえも、不思議に感じていることがあった。

それは、音がまったくしないこと。

とんでもない速さで動いているというのに、猩猩に抱えられていると、音どころか風の抵抗すら感じられない。

まるで映像を観ているかのような、奇妙な感覚だった。

そして、ようやく猩猩が止まったのは、深い森の中。

「こ、怖かった……！」

「キッ」

肩から下ろされた芽衣は、ぐったりしながら周囲を見渡す。

「天さん、見付かったの……？」

しかし、そこに天の姿はなく、――目の前にあったのは、不自然なまでに大きな屋敷だった。

「……ね、ねえ猩猩、ここってもしかして……」

問いかけながらも、屋敷から漂う異様さと、辺りを包むむせ返る程の濃密な香りから、答えは明確だった。

ここは間違いなく、飛縁魔の拠点。

その佇まいは特徴的で、二階の正面にはバルコニーが左右に伸び、一階には細工の細かい飾り格子の丸窓が規則的に配置された、和洋折衷《せっちゅう》の屋敷だった。

正面は、飾りガラスの嵌《は》め込まれた両開きの扉が異様な存在感を放っている。

「な、なんか、異様なまでのこだわりを感じる……」

あまり見たことのない雰囲気と異様さに、芽衣はしばらく呆然《ほうぜん》と眺めた。

しかし、ふいに、重要なことを思い出す。

「猩猩、ありがとう……。だけど、先に天さんと合流したくて……」

拠点の場所がわかったことは大きな収穫だけれど、芽衣はまず先に天と合流する必要があった。

しかし、猩猩は必死な芽衣にこてんと首をかしげ、それから屋敷を指差す。

「キ」

「いや、拠点じゃなくて、天さんの……」

「……キ」

「……え？」

頑なに屋敷を指す猩猩を見て、ふいに、芽衣の額に嫌な汗が流れた。

——まさか……。

たちまち込み上げる、最悪な予想。

「……この中に、いるの……？」

尋ねておきながら、内心、芽衣は答えを聞きたくないと思っていた。

しかし、無情にも、猩猩はあっさりと頷く。

「キッ」

「捕まってる……ってこと……？」

芽衣は激しい目眩を覚え、猩猩の肩に掴まる。

信じたくないけれど、そう思わざるを得ない証拠が揃い過ぎていた。

「い、いや……、潜入してアシナヅチ様を捜しているのかもしれないし……」

それは唯一希望を持てる予想だが、正直、可能性は薄い。なぜなら、天は本殿を出るときに、屋敷を見付けたら必ず戻ると約束したからだ。

だとすると、天の身に予想外の出来事が起きたと考える方が自然だった。

芽衣は不安を押し殺しながら、屋敷を見つめる。

飛縁魔とは男を誘惑して男女の仲を裂く妖だと、そう語った大山津見の言葉が頭の中をぐるぐると回っていた。

考えたくもない妄想が次々と浮かび、振り払おうとしても、とても追いつかない。

「だ、駄目だ……。じっとしていられない……」

もはや、冷静ではいられなかった。

むしろ、天が中にいるとわかった以上手段など選んでいられず、芽衣は不安に突き動かされるように屋敷に駆け寄り、正面の扉の取手を掴む。

しかし、――力いっぱい引いても、扉はビクともしなかった。

「開かない……」

芽衣は屋敷から少し離れ、侵入できそうな窓を探す。しかし、一階の窓にはすべて格子がかけられていて、入れるとすれば二階のバルコニーのみ。

すっかり頭に血が上っていた芽衣は、無我夢中で軒を支える柱に足をかける。――けれど、ふいにちょんちょんと背中をつつかれ、振り返ると、にっこりと笑う猩猩と目が合った。

「あ……、そっか……。猩猩に隠れて侵入すればいいんだ……」

頷く猩猩を見て、芽衣はわずかに冷静さを取り戻す。

すると、猩猩はふたたび芽衣をひょいと抱え、ふわりと二階の屋根の上に飛び上がった。――しかし。

猩猩がバルコニーに降り立とうとした瞬間、――突如、芽衣の体に走った激しい衝撃。

そして、芽衣の体だけが、勢いよく外へと弾き返された。

地面に叩きつけられる寸前で猩猩に抱き留められたものの、理解不能な出来事に、芽衣の頭は真っ白になった。

「い、今の……、なん……」

まるで、見えない壁に衝突したかのような感覚だった。

混乱が収まらない中、ふいに思い当たったのは、結界が張られている可能性。狐の妖ならば、天と同じような術が使えても不思議ではない。

そして、たった今結界が阻んだのは、芽衣だけ。だとすると、考えられる可能性はひとつしかなかった。

「つまり、女は入れないってこと……？」

そう呟いた瞬間、――突如、芽衣たちの周りに不自然な風が巻き起こる。

激しく砂埃《すなぼこり》が舞い、芽衣は慌てて袖で目を覆った。同時に、辺りをこれまで以上に濃密な甘い香りが包む。

ようやく慣れはじめていたというのに、そのあまりの甘ったるさに、芽衣の思考はたちまち曖昧になった。

ぐったりと倒れ込んだ瞬間、頭上から笑い声が響く。

うっすら目を開けると、二階のバルコニーに立っていたのは、豪華な着物を纏った女。

前で結ばれた帯には金の刺繍《ししゅう》があしらわれ、乱れなくまとめられた髪には、キラキラと装飾が揺れる美しい簪《かんざし》が挿されている。

その風体は、いつかテレビドラマで観た花魁《おいらん》そのものであり、バルコニーの手摺りにしなだれかかる仕草は、女の芽衣ですら目を奪われる程の妖艶な色気を放っていた。

「おや、小鼠《こねずみ》でも迷い込んだかと思いきや、ヒトの女とは珍しいこと」

色気の漂うねっとりとした声が、辺りに響き渡る。

芽衣はその妙な迫力に、一瞬、呼吸すら忘れた。

「あなたが……、飛縁魔、ですね……？」

尋ねると、飛縁魔は切れ長な目を細めて笑う。

「ええ。名は菖蒲《あやめ》。……ヒトの女がなにしにここへ？」

まるで、音楽を奏でているような不思議な抑揚で尋ねられ、言い知れない気味悪さが込み上げてくる。

気を抜けば恐怖に飲まれてしまいそうで、芽衣は手のひらを強く握り込んだ。

「菖蒲……さん。アシナヅチ様と、天さんが……、ここにいますよね……？」

すると、声が震えないよう必死な芽衣に対し、菖蒲はたっぷりと間をあけ、ようやく口を開く。

「おや。もしかして、捜しにきたの？」

「そうです。……あなたが連れて行ったんでしょう……？　返してください……！」

「まあ、なんと健気なこと」

ふたたび、楽しげな笑い声が響いた。

会話が微妙に噛み合わず、芽衣は徐々に苛立ちを覚える。

一方で、菖蒲はそんな芽衣の様子に満足そうな笑みを浮かべた。

「確かに誘ったのは私だけれど、引き止めてなどいないのよ」

「……どういう、意味ですか」

「ここに留まっているのは、男たちの意思。……よほど居心地がいいのでしょう」

「そんなはずありません……！」

挑発されているとわかっていながら、芽衣は自分の感情を抑えられなかった。しかし、菖蒲はそんな芽衣を嘲笑し、くるりと背を向ける。

「ちょっと待っ……！」

逃げられてしまうと、芽衣は慌てて引き止めた。――そのとき。

「……ヒトの女。お前の連れ合い――いや、元連れ合いとは、ついさっき迷い込んだ狐のこと？」

菖蒲は振り返り、妖艶に細めた目で芽衣を見つめた。

「……元じゃ、ないですけど……」

「だけど、あれはもう私の虜《とりこ》」

「なに言ってるんですか……？」

「……おや、信じられない？」

「当たり前です……！」

声を荒げて反論しながらも、——本当は、心に小さな不安が生まれていた。

菖蒲には、美しいだけでない、無性に惹きつけられるなにかがある。こんな女性に誘惑されて、心が動かないなんてことがあり得るだろうかと。

菖蒲は芽衣のそんな不安を見透かすかのように、さらに口角を上げる。——そして。

「ならば、自分の目で確かめてみるといいわ」

そう口にした瞬間、さっきはどうやっても開かなかった正面の扉が音を立てて開いた。

同時に、芽衣の体がふわりと浮かび、不思議な引力で扉の中へと吸い寄せられていく。

「ちょっと……、待っ……」

芽衣には抵抗する余地も与えられず、屋敷の中に転がり込んだ。

そして、扉がバタンと閉まると同時に、勢いよく床に放り出される。

「いっ……」

背中を思い切り打ちつけ、全身を突き抜けるような痛みが走った。芽衣は声を出すことすらできず、小さくうずくまる。――そのとき。

「さあ、探してごらん」

挑発的な声が響き、芽衣は無理やり体を起こした。

すると、目の前に広がっていたのは、延々と奥へ続く薄暗い廊下。両側には、同じ間隔で襖戸が並んでいた。

「これ……、全部、部屋……？」

あまりの数に一瞬怯《ひる》んだものの、この部屋のどこかに天がいるかもしれないと思うと、躊躇ってはいられなかった。

芽衣は片っ端からすべて確認する覚悟で、ひとまずすぐ側《そば》の襖を開け放つ。

しかし、――中の様子に、思わず息を呑んだ。

部屋にいたのは、ぐったりと壁にもたれる男。ヒトの姿をしているけれど、頭には獣の耳がある。

男の目は虚《うつ》ろで、芽衣が開けた襖から差し込む緩い光にすらまぶしそうに目を細めた。

そして、芽衣の存在に気付くと、震える手を伸ばす。

「菖蒲……、菖蒲かい……？」

「どうして……、もっと、顔を見せてくれないのだ……。早く、こっちへ……。早く……」

「ち、違っ……！」

言い知れない恐怖が込み上げ、芽衣は震える体を無理やり動かして力いっぱい襖を閉めた。

「っ……」

そして、ぺたんと床に座り込み、深呼吸を繰り返す。

しばらく、動悸《どうき》が収まらなかった。

中にいたのは、おそらくなにかの化身。我を忘れたように菖蒲を求める姿が頭にこびり付いて離れない。

——もしかして、菖蒲に誘惑された男たちがこの部屋全部に……。

菖蒲にかかれば、男は皆あんな状態になってしまうのかと、目の当たりにした光景が、芽衣の不安をさらに煽った。

芽衣は無我夢中で廊下を進みながら、次々と部屋を確認する。

しかし、どの部屋にも天の姿はなく、魂を抜かれてしまったかのような男たちがいて、芽衣を見ると菖蒲の名を呼んだ。

何度も繰り返すごとに、胸に激しい痛みが走る。

全員菖蒲の術にかけられた被害者だとわかっていながら、必死に菖蒲を求める姿はあまりにも哀れだった。

もし、天が同じように菖蒲の名を呼んでいたらと、考えたくもない妄想が止められない。

そして、襖を開け尽くしたところで、結局天の姿は見当たらなかった。

精神を消耗しきった芽衣は、がっくりと膝をつく。一方で、わずかにほっとしている複雑な気持ちもあった。

「――ごめんなさい。お前の大事な狐は、そこではなかったわ」

ふたたび、どこからともなく響く菖蒲の声。

芽衣は慌てて立ち上がり、周囲を見渡した。

「どこにいるの……？　早く返して……！」

すると、行き止まりだったはずの廊下がスッと形を変え、突如、目の前に階段が現れる。

おそらく上ってこいという意味だろうと、芽衣は覚悟を決めて階段に足をかけた。

長い階段を上り終えると、正面に現れたのは、ひときわ豪華な絵柄の襖戸。芽衣はその前に立ち、取手に手をかけ一度動きを止めた。

「さあ、——早くおいで」

菖蒲は、楽しくてたまらないといった声色で芽衣を誘う。もはや、この部屋の中でなにが起きているのかを想像するのは簡単だった。

おそらく菖蒲は、芽衣が一番見たくないものを見せようとしている。

考えただけで、心が押しつぶされそうだった。——けれど。

芽衣は一度深呼吸をすると、取手から手を離す。

「どうしたの？ さあ、早く中へ」

「この中にあるものは、……きっと、まやかしです」

そう口にした瞬間、ほんの一瞬だけ、空気が揺れた気がした。

それが動揺であるようにと願い、芽衣は手のひらをぎゅっと握る。

「あら。……どうして？」

「……あなたも狐なら、私にまやかしを見せることくらい簡単でしょう……？ そんな術、これまでに何度も見てきたもの」

「……」

「だから……、きっと……」

そう口にした瞬間、——突如、スパンと大きな音を立て、正面の襖が勝手に開け放たれた。――そして。

「確かに、お前にまやかしを見せることなど容易いこと。……だけど、残念。これは、本物よ」

菖蒲の声が響くと同時に、芽衣の体は強い力で部屋の中へ引き込まれる。

体が畳の上に勢いよく投げ出され、芽衣は咳《せ》き込みながら、必死に周囲を確認した、――そのとき。

ドクンと心臓が大きく鼓動を打つ。

真っ先に目に入ったのは、――頭を菖蒲の膝に預け、虚ろな表情で体を投げ出す天の姿。

あまりに衝撃的な光景に、芽衣は名を呼ぶことすらできなかった。

なにを見てもまやかしだと自分に言い聞かせていたのに、実際に見てしまうと動揺が抑えられない。

期待通りの反応だったのか、菖蒲は芽衣を煽るように、天の髪を撫でた。

「さっきも言ったけれど、これは本物」

「……信じません」

「それにしては、ずいぶん動揺しているようだけど」

「……天さんは、どこですか」

「だから、ここに」

「……」

そんなわけがないと、芽衣は頭の中でそう繰り返す。

けれど、目の前にいるのは、瞳の色もやわらかそうな髪も、見れば見る程、天そのものだった。

次第に不安が込み上げ、膝が震えはじめる。

すると、菖蒲はにやりと笑みを浮かべた。

「まあ可哀想に。……けれど、お前がいけないのよ。何度も私の邪魔をして」

その声には、これまでとは違う、確かな怒りが感じられた。

心の奥を垣間見た気がして、芽衣は込み上げる恐怖に固唾を飲む。

「何度も……？」

「もう少しで、アメノミカゲ様をこの手にできたのに。……ヒトの女ごときに邪魔をされ、猩猩には寝返られ」

その言葉を聞いて頭を過ったのは、過去へ行って奪われた盟酒を取り返した、つい最近の出来事。

飛縁魔が関わっていると予想した時点で目的は明らかだったけれど、実際に本人の口から聞くと、虫酸《むしず》が走る程の嫌悪感を覚えた。

「やっぱり、アメノミカゲ様を手に入れることが目的だったんですね……」

「だって、あんなに美しい男はなかなかいないでしょう」

「そんな自分勝手な理由で……、オウイガツ様の未来を……」

「私に奪えない男などいるはずがないのに、どんな手を使っても私には視線ひとつくれなかった。過去さえ変えれば、きっと上手くいったはずなのに……」

「……上手くなんていきませんよ。卑怯な術を使って手に入れたって、いずれはきっと目が覚めます」

「おや、生意気」

ずっと表情を崩さなかった菖蒲の眉間に、細い皺が刻まれた。

けれど、すぐに余裕の表情に戻り、天の頬を撫でる。

「だけど、お前の狐は、どうやらここが気に入っているようね」

「術のせいです……」

「それでも、アメノミカゲ様に効かなかった術が、狐に効いていることは事実。それはつまり、この狐には、アメノミカゲ様が持つような強い思いはないということになるけれど」

「……」

芽衣は、なにも言えなかった。

むしろ、挑発だとわかっていながらも、菖蒲の狙い通りに傷付いてしまっていた。

そんな芽衣を見ながら、菖蒲は満足そうに天の髪を梳《す》く。

「天さんにさわらないで……」

菖蒲を楽しませるだけだとわかっていながら、思わず、本音が零れた。

もちろん菖蒲は手を止めず、天もまた、心地良さそうに目を細める。――瞬間、芽衣の頭の中で、なにかがプツンと切れた。

「……さわらないでってば……!」

もはや、完全に冷静さを失っていた。無意識に伸ばした手は、触れる寸前で結界に阻まれる。

けれど、芽衣は怯まずに菖蒲を睨みつけた。

「……いい加減にしてください……」

「あらあら。我を失った女の恐ろしいこと」

「男女の仲を裂くのが楽しいなんて、趣味が悪すぎでしょ……!」

「私はただ、ほしいものを諦めたくないだけ」

「そんなのただの我儘《わがまま》です……。自分の力で手に入れられないからって、術を使って無理やり傍に置いて……、虚しくないんですか……？」

そう叫んだ瞬間、空気がピシッと張り詰め、窓が小刻みにカタカタと揺れた。

菖蒲の逆鱗《げきりん》に触れたことを肌で感じ、背筋がゾクッと震える。

けれど、芽衣にはどうしても止めることができなかった。

「それで手に入ったと思っているなんて、ただの独りよがりです……。心はあなたに向けられていないのに、頭数ばかり揃えて馬鹿みた——」

言い終えないうちに、突如、屋敷が大きく揺れた。

芽衣はふたたび宙に投げ出され、体を壁に激しく打ち付ける。

なにが起きたのかわからないまま顔を上げると、途端に、殺気に満ちた菖蒲の目に射抜かれた。

そこにはさっきまでの余裕はなく、伝わってくるのは、激しい怒り。芽衣は恐怖で言葉も出ず、身動きすら取れなかった。——そして。

「……もう飽きたから、出て行って」

その言葉と同時に、芽衣の体は見えない力で部屋から引きずり出された。

廊下に出ると同時に、スパンと大きな音を立てて襖が閉まる。

「ちょっと待っ……！」

慌てて襖に縋り付いたけれど、思い切り引いてもビクともしない。

それでも、中に天がいる以上、諦めるわけにはいかなかった。

「天さん……！」

なんとかして中に入らなければと、芽衣は襖のかすかな隙間に爪を立てて必死に力を込める。

けれど、襖はまるで固まってしまったかのように、わずかな隙間すら開かなかった。

「菖蒲さん……！」

必死に訴えようとも、もう返事すらない。芽衣はついに力尽き、がっくりと項垂れた。

成す術なく、真っ白になった頭に浮かぶのは、天の顔。

しかし、同時に浮かぶのは、菖蒲にされるがままになっている姿。

芽衣の心に、みるみる悲しさや寂しさが込み上げてくる。――しかし、そんな中、圧倒的な勢いで心を支配しはじめていたのは、憤りだった。

「――ついこの間、覚悟がどうこう言ってたくせに……」

矛先《ほこさき》は、天。

天の意思ではないと信じているくせ、それでも膨れ上がる苛立ちはとても抑えられそうになかった。

「ひどいじゃないですか……。あんなに……」

襖を思い切り叩くと、鈍い音が響く。

「あんなにあっさり誘惑されるなんて……！　天さんの、バ……」

菖蒲が聞いたらさぞかし喜ぶだろうとわかっているのに、もはや自分の意思では止められなかった。――しかし、そのとき。

「――誰があっさり誘惑されるか」

突如、背後から聞こえるはずのない声が響き、芽衣はぴたりと動きを止める。

頭の中は真っ白だったけれど、背中に触れる手の感触には覚えがあった。

「……」

「酷いはこっちの台詞だ。……お前の目は節穴か」

「え……？」

恐る恐る振り返ると、不満げな天と目が合う。

芽衣はその姿を呆然と見つめた。

「それにしても、……猩猩がお前に懐いていることをすっかり忘れていた。無理やり乗り込むとは、お前は本当に無茶をする」

「あ。あの……。なにがどうなって……」

「見付かったら厄介だから、一旦出るぞ」

天はそう言うと、廊下の奥に目配せをする。

すると、誰もいなかったはずの廊下に、突如、猩猩が姿を現した。

「猩猩……！」

「静かに。……猩猩、頼む」

すると、猩猩は芽衣と天をいっしょくたに背負い、ものすごい速さで廊下を走ると、正面の扉から外へと飛び出した。

そして、屋敷から少し離れた場所に下ろされた芽衣の前に現れたのは、大山津見と、見たことのない男。

「やあ、芽衣。助けに行くのが遅れてごめんよ。バレると策が台無しになるから、なかなか動けなくて」

「あ、あの……」

「それにしても、今にも飛び出しかねない天を抑えるのに苦労したよ」

「おい、先に説明だろ。芽衣が混乱してる」

天はポカンとしている芽衣を座らせ、溜め息をついた。——そして。

「……お前が見た俺は、傀儡《くぐつ》だ」

突如、聞き慣れない言葉を口にした。

「くぐつ……？　って、なんですか……？」

「簡単に言えば、操り人形だ」

「人形……？　屋敷で見た天さんが……？」

「ああ。……そこにいる男は、有名な傀儡師だそうだ。大山津見は、ここに来る前にそいつを探しに行っていたらしい」

芽衣は話に付いていけないまま、天が指した男に視線を向ける。

男は括袴《くくりばかま》姿に大きな道具箱を抱え、芽衣と目が合うと、怪しい笑みを浮かべた。

「私は百太夫《ひゃくだゆう》といいまして、傀儡を作って操ることを芸とし、宿場町を渡り歩いている者です」

「傀儡を、操る……」

「ええ。私の作る傀儡は、なり変わりたい者の髪の毛一本あれば本物さながらに動くもので……、芸以外にも、使い様はいろいろと」

「本物さながらに……？」

「それはもう、入れ替えても誰も気付かないくらいに。……この世には、気付かれないまま紛れている私の傀儡がいくつも……」

「……」

百太夫の話も、にやにや笑いながら語る様子もなんだか気味悪く、芽衣は思わず身構える。すると、見兼ねた大山津見が百太夫を制した。

「おい、からかうんじゃない。……芽衣、いかにも怪しいが、悪い奴じゃないから心配することはないからね」

「は、はい……」

芽衣はようやくほっと息をつく。

そして、隣に座る天を見上げた。

「なんだ」

「……いえ。……あのときの天さん、偽物だったんだなって……」

「当たり前だ。俺が妖の屋敷でのん気に寝るわけがない。少しは疑え」

「でも、術にかかっちゃったら、どうなるかわかんないじゃないですか……」

「俺が易々と術にかかるわけがないだろ。あっさり挑発されたお前と一緒にするな。

……だいたい、なにも考えずに突入する奴があるか。順調に進んでいた策が無駄になるところだ」

「そ、そんな言い方……！　だって、拠点を見つけたら戻るって言ってたくせに、戻ってこないから……！」

「――こらこら！　仲良いのはいいことだが、後にしなさい。……芽衣、私たちの策を説明してもいいかい？」

口喧嘩が始まりそうになったところで窘《たしな》められ、芽衣はハッと我に返る。

慌てて姿勢を正すと、大山津見は言葉を続けた。

「飛縁魔とは、屋敷を構えて男たちを引き込み、術漬けにして思考を奪う妖だ。……菖蒲とやらは、ここへ来て間もないというのに、すでに多くの男たちを捕まえていたようでね。芽衣も中に入ったのだから、見ただろう？」

「はい……、部屋がたくさんあって、大勢捕まっていました……」

「飛縁魔自体を封印するのは容易いことだ。……ただ、捕えられた男たちが少し厄介でね。彼らは術によって飛縁魔に心酔しているから、逃げようとしない。過去には、男たちもろとも、屋敷ごと封印された例もある」

「そんな……」

ふと思い出すのは、虚ろな目をした男たち。彼らは、まさに思考を奪うという言葉通り、取り憑かれたように菖蒲の名前を口にしていた。

大山津見の言う通り、助けに行ったところで従うとは思えない。

とはいえ、封印するために犠牲にしてしまうなんて、芽衣にはとても納得できなかった。

すると、大山津見は芽衣の気持ちを見透かしているかのように、頭をそっと撫でる。

「私はそんな夢見の悪いことはしないから、安心しなさい。……私は、天の傀儡を囮《おとり》にして、菖蒲が天に夢中になっている隙に屋敷に忍び込んで、捕まった男たちをすべて傀儡と入れ替えようと考えたんだよ」

「全員を傀儡に入れ替えた後で、屋敷ごと封印するってことですか……？」

「その通り。幸い策は順調で、傀儡のすり替えはほぼ終えたところだ。君に黙っていた理由は、傀儡とはいえ、菖蒲の餌《えさ》になる天の姿なんて見たくないだろうと思ったからだよ。だから、君が香りに充てられて休んでいると聞いて、その間にすべてを終わらせるつもりだったんだが……」

大山津見が語尾を濁らせた瞬間、芽衣は自分が後先考えずに乗り込んだことで、策の邪魔をしただけでなく、気遣いまで台無しにしてしまったことを察した。

「す、すみません……、本当に……」

慌てて謝ると、大山津見は首を横に振る。

「いや……、嫌なものを見せてしまったね。本来なら先に話しておくべきだったんだが、なにせ、百太夫は流浪の傀儡師だから、見付けられる保証もなくて。ただ、こんなことを言っちゃなんだが、芽衣が乗り込んでくれたお陰で菖蒲の興味は君に集中し、策を進めるのに十分な時間を確保することができたよ。それに、猩猩が一緒だったことも幸いだった。気配がない猩猩が手伝ってくれたお陰で、予定よりもずっと早くことが進められたからね」

「結果的に役に立てたなら、気が楽です……」

大山津見の優しい言葉に、落ち込んでいた気持ちが少しだけ回復した。そして、菖蒲を封印するために進められていた策の完璧さに、ただただ驚いていた。

確かにその方法ならば、犠牲を出すことなく菖蒲を封印することができると。――しかし。

「……ただ、まだ見付かっていないんだよ。……肝心の、アシナヅチが」

「え……？」

それは、衝撃的な事実だった。

「ほぼ終えたと言ったろう。……というのも、傀儡と入れ替え解放した男たちの中に、アシナヅチの姿はなかった。……おそらく、気に入りは特別な部屋に匿《かくま》っているんだろう」

ふいに、芽衣の頭に悲しげに泣くテナヅチの姿が浮かぶ。

泣きはらして憔悴《しょうすい》した姿は、見ているだけで胸が張り裂けそうだった。

「大変……！　急いで捜さなきゃ……」

「しかし……、正直難しいな。狐の術で造られた屋敷はただでさえ構造が複雑だし、故意に隠しているとなると、猩猩に探させるには荷が重すぎる。猩猩は確かに能力が高いが、知恵は動物と変わらず、そもそもアシナヅチの匂いを知らない。……天は比較的影響が少ないようだが、囮として傀儡を送り込んでいる以上、万が一にも見つかるわけにはいかない」

「そんな……」

「その上、たとえアシナヅチを見付けたところで、術のせいで逃げる意思がない可能性もある。意識がハッキリしているならともかく、その場合は連れ出すのも一苦労だろう」

聞けば聞くほど、アシナヅチの救出は難題だらけだった。

しかし、諦める選択肢なんてあるはずもなく、芽衣は必死に考え込む。

「あの……、ちなみに、術から自然に目覚める可能性はないんですか？」

「一度かかってしまえば、あの香りから離れない限り無理だろうね。飛縁魔の術がいかに厄介かは噂に聞いていたし、侮っていたわけではないけれど、あのアシナヅチまでもが術にかかるとなると、相当強いらしい。……やはり、私が強行して連れ戻すしかないか……」

「大山津見様が……？　だ、駄目です……！」

立ち上がる大山津見の腕を、芽衣は咄嗟《とっさ》に掴んだ。

そのとき芽衣が思い出していたのは、菖蒲が残した甘い香りを悪い心地ではないと表現した、高倉下の言葉。

「菖蒲さんの術は、神様たちに特別強い効果があるんだと思います……！　だとしたら、大山津見様だって危険ですから、近寄らない方が……！」

「しかし、そうなると八方塞がりだろう」

「だったら私が……！」

「駄目だ」

芽衣の提案を一瞬で却下したのは、天。

天は、まるで芽衣がそう言い出すことを予想していたかのように、落ち着いた表情で首を横に振った。

「天さん……！　お願いです！　猩猩と一緒に行けばきっと大丈夫ですから……！　猩猩に気配を消してもらって、私が屋敷の中を捜せば……」

「お前はついさっき菖蒲を怒らせたばかりだ。それに、万が一策がバレようものなら、術で作られた複雑な屋敷に永久に閉じ込められかねない。……そうなると、お前や猩猩では絶対に抜け出せない」

「でも、誰が行っても危険なのは同じじゃないですか！」

「だったら、俺が行く」

「え……？」

その言葉を聞いた瞬間、芽衣の脳裏に浮かんできたのは、菖蒲の屋敷で見た光景。傀儡だと知りほっとしたばかりなのに、万が一あれが現実になってしまったらと思うと、背筋が凍るような心地がした。

「だ、駄目ですよ……。天さんこそ捕まったら終わりです……」

「……どういう意味だ」

「だってすごく気に入られて……、っていうか、とにかく駄目です。……無理なんです。……それだけはなにがあっても絶対に」

「……おい」

ひたすら駄目だ無理だと繰り返す芽衣に、天は困惑していた。

説明になっていないという自覚はあったけれど、誰が行っても危険だと自分で口にした手前、天を引き止めるための決定的な言葉はなにも浮かばなかった。

「とにかく、駄目なんです……！　他の方法を考えますから……、い、今すぐ考えますから、ちょっと待っ……！」

あまりに必死な芽衣に、ついに天は怯み、眉を顰める。一方、大山津見は堪えられないとばかりに笑った。

「可愛いな、芽衣は」

「っ……」

すべてを見透かしているかのようなその笑みに、芽衣はたちまち冷静になる。そして、同時にはっきりと自覚していた。

この、心に渦巻くどうしようもない感情は、傀儡とはいえ天を手籠にしていた菖蒲に対する嫉妬《しっと》だと。

途端に、この局面で個人的な感情をむき出しにしてしまったことへの後悔が押し寄せる。——けれど、それでもなお、気持ちは変わらなかった。

「……可愛くなんてないですよ……。むしろ、自分が情けなくて死にそうです……」

「おい……」

「……でも、無理なものは無理なので、天さんは諦めてください。……すみません」

今度はがっくりと項垂れる芽衣に、天はなにも言わずにただ溜め息をついた。

芽衣は、強引に止めた以上、宣言通り他の方法を考えなければと必死に頭を働かせる。

——絶対に見つからず、術にかからず、安全に探す方法……。

頭の中で条件を整理すると、難易度の高さを痛感した。

そして、考えれば考える程、やはり自分が行く他ないという考えに行き着いてしまう。

すると、そのとき。

「芽衣、君がそこまで悩む必要はない。ここは一旦仕切り直して、他の助っ人を呼ぶことを考えよう」

突如、大山津見がそう口にした。

「仕切り直し……、って……」

「協力を仰げる神々ならいくらでも思い当たるが、この厄介な術を前にして、頭数を集めても無意味だ。まずは策を練らなければ。……日を改めた方がいい」

「そんな……」

芽衣の心臓がドクンと大きく鼓動した。

日を改めるということは、当然、アシナヅチの救出は先延ばしになる。それに、捕まった男たちをせっかく傀儡に入れ替えたというのに、時間を空けることでまた別の犠牲者が増えるかもしれない。

菖蒲もまた、今日のことで警戒を強めるだろう。万が一傀儡だと気付かれたときは、屋敷への潜入すら叶わなくなる可能性がある。

「ですが……、時間をかけない方が……」

「このままだと、天も芽衣も無茶をしかねないだろう。……一回冷静になって、確実な策を練るべきだ」

確かに、それは正しい意見だった。

芽衣はこれまで何度も感情に任せて無茶をしてきたし、今こうして無事でいられることは、もはや奇跡だと言っても過言ではない。

日を改めるべきだと言われ、芽衣は、自分には大山津見のような冷静さが足りないと、改めて自覚していた。——けれど。

「もう少しだけ、考えさせてください……」

無意味な引き延ばしかもしれないとわかっていながら、芽衣は首を縦に振ることができなかった。

脳裏には、テナヅチの悲しげな泣き声が響いている。おそらく今も悲しみに暮れているテナヅチの気持ちが、芽衣には痛い程理解できた。

通じ合っているはずの相手の気持ちが他の誰かに向けられているなんて、たとえ術にかけられていたとしても、——たとえそれが傀儡であっても、苦しい。

今回のことで、誰かを想うのは本当はとても苦しいことなのかもしれないと、知らなかった感情も知った。

「芽衣……、そんなに思い詰める必要はないんだよ」

「だけど、これ以上待たせちゃうと、テナヅチ様が壊れちゃいます……」

「その気持ちはとても嬉しいが……」

「お願いです、もう少しだけ……」

「……君は頑固だなぁ」

まるで取り憑かれたように考え込む芽衣の頭を、大山津見がそっと撫でる。

一方、天はなにも言わなかった。

きっと呆れられているのだろうと、芽衣は顔を見ることができずに、抱え込んだ膝に顔を埋めた。

けれど、――ふいに右肩に温もりを覚えて視線を上げると、天が芽衣に寄り添うように座っていた。

その表情は予想通り呆れていたし、むしろ怒っているようにすら見えるのに、肩から伝わる体温は、とても優しい。

同時に、天の香りが鼻をかすめた。長い時間、菖蒲の香りの中にいたせいか、それはいつもよりも濃く感じられ、芽衣はそれを全身に巡らせるようにゆっくり呼吸を繰り返す。

あまりの心地よさに、張り詰めていた気持ちが、少しずつ緩みはじめていた。

「……菖蒲さんの香りを全部消しとばして、この香りで満たしてしまえたらいいのに……」

心の声が口から溢れていたことに気付いたのは、視線を感じた瞬間のこと。

思わず顔を上げると、驚いた表情を浮かべる大山津見と目が合った。

「あ……、すみません、ついひとり言を……」

「……名案だね」

ポカンとする芽衣を他所に、大山津見は颯爽《さっそう》と立ち上がる。──そして。

「すぐに戻るよ。芽衣のお陰で、もっとも適した助っ人を思い付いた。……しかし、こんな単純なことに気付かなかったとは、私もずいぶん動揺していたらしい」

「大山津見様……？」

「少しだけ、待っていてくれ」

そう言い残し、止める間もなく姿を消してしまった。

わけがわからず呆然とする芽衣の横で、天はずいぶん落ち着いた様子で溜め息をつく。

「……あの様子だと心配ない」

「でも……」

「もう、お前がそこまで考えなくても大丈夫だ。いつもみたいにぼーっとしてろ」

「ぼーっとって……」

そのときの芽衣は皮肉に怒る余裕もなく、黙って膝を抱えた。そして、天の香りを胸いっぱいに吸い込む。

「天さんの香りも甘いのに……、どうしてこんなに違うんだろう」

呟きながら、どうやら今日は心の声が簡単に漏れてしまうらしいと、ぼんやりと考えていた。

「……甘いのか、俺は」

「自覚なかったですか？　多分、天さんの部屋のお香《こう》が移っているんでしょうね」

「ああ……、荼枳尼天がいろいろ置いて行くからな。俺はもう麻痺してよくわからない」

「私にとっては天さんの香りです。甘くて、……ときどき酔いそう」

「芽衣？」

「……もしかして、私も術にかかってるのかも」

変なことを口走ってしまったと気付いたのは、ずいぶん長い沈黙が続いた後のこと。

慌てて言い訳を考えたけれど、上手い言葉はなにも浮かばなかった。

居たたまれない沈黙はさらに続き、芽衣はひとまず話題を変えようと、必死に頭を働かせる。

「あ、あの、天さん……、大山津見様っていったい誰を呼びに……」

「――ある意味、術にかかったようなものかもしれないな」

「え……?」

思わぬ言葉に、芽衣は言いかけた言葉を止めた。

すると、天は芽衣の手をするりと絡め取る。

「言い得て妙だ。……本当に、そう思う」

「天さん……」

表情はいつも通りなのに、その言葉は甘く心に響いた。

芽衣は、天の手をぎゅっと握り返す。――そのとき。

突如、――芽衣たちの周囲に、激しい風が吹き荒れた。

それは、まるで地面から発生しているかのような不自然な風だった。

少しでも気を抜けば体ごと持って行かれそうで、芽衣は慌てて天に掴まる。

木の枝の上で休んでいたらしい猩猩も、パニックを起こして転がり落ちた。

「猩猩!　こっち……!」

芽衣が手招きすると、猩猩は大慌てで駆け寄り芽衣にしがみつく。芽衣たちは木の陰に身を潜め、様子を窺った。

猩猩は体をカタカタと震わせていて、芽衣は背中をそっと撫でる。

「大丈夫、すぐ収まるよ」

「キッ……」

最初に猩猩を見たときは、その奇抜な見た目に恐怖すら覚えたけれど、こうして怯える姿はなんだか可愛らしい。

体は大きいのにまるで子犬のようで、芽衣は思わず頭を撫でた。

「あまり甘やかすな。それ以上懐かれたら本気で居付くぞ」

「そしたら、私が面倒見ますよ」

「……酒がいくらあっても足りないな」

うんざりした表情を浮かべながらも、駄目だと言わないところが天らしいと、芽衣は思わず笑う。

周囲には相変わらず風が吹き荒れ、そんな場合ではないはずなのに、なんだか心が暖かくなった。

すると、そのとき。

嵐のように吹き荒れていた風が、突如、ぴたりと止んだ。

「あ、あれ……？」

突然の静けさに、芽衣と猩猩は同時に辺りをキョロキョロと見渡す。一方、天はすでになにかを察しているのか、やれやれと肩をすくめた。

「……派手な到着だな」

「到着……？」

首をかしげる芽衣に、天は頭上の空を指差す。

すると、真っ暗な空に突如一筋の光が走り、中から二つの影が姿を現した。

「やあ、待たせたね。……それにしても、急《せ》かしたせいでずいぶん荒れたな」

先に芽衣たちの前に下りてきたのは、大山津見。

大山津見は強風に煽られて雑然とした森を見渡しながら、苦笑いを浮かべる。

「あの、今の風って……」

芽衣が問いかけると、大山津見は意味深に笑った。

「君が言ったんだろう。菖蒲の香りを、風で消しとばしてしまえればと」

「言いましたけど……」

「だから、急いで呼んできたよ」

その言葉と同時に下りてきたのは、精悍な顔をした大男。手には紅葉《もみじ》の形をした大きな扇を持ち、まるで風に乗っているかのように、ふわりと地面に降り立つ。

「彼は志那都比古神《しなつひこのかみ》だ。……風を操る神だよ」

「風を、操る……」

その瞬間、芽衣は大山津見の考えを理解した。

同時に、さっきまで辺りに漂っていた菖蒲の香りがすっかり消えてしまっていることに気付く。

「もしかして、屋敷の香りも全部飛ばしてしまえるんですか……？」

芽衣の問いかけに、シナツヒコはコクリと頷いた。

無口だが、こうしてすぐに駆け付けてくれたところを見ると、大山津見とは気心が知れている間柄なのだろう。

「すごい……！　なら、アシナヅチ様を助けられますね……！」

芽衣はその新しい策に確かな手応えを感じた。――しかし、大山津見の表情はまだ曇っていて、芽衣は不安を覚える。

「どうしました……？」

「いや……、シナツヒコが菖蒲の香りを風で吹きとばし、我に返ったアシナヅチが脱出すると同時に屋敷ごと封印するという策なのだが……。アシナヅチがこちらの思惑通りに動いてくれるか、少し気がかりでね」

「なら、風が吹いている間に私がアシナヅチ様をお迎えに行きます！」

「……いや、芽衣もさっき見ただろう。あの風の中ではとても捜していられないし、それでは君が危険なことに変わりない。……それよりも、アシナヅチが我に返り、隠された部屋から自ら抜け出してくる方が現実的だ」

「ご自身で、ですか……？」

「そうだね。……すべて、アシナヅチにかかっている」

芽衣は、大山津見の浮かない表情の理由を察した。

いくら神様とはいえ、アシナヅチは長い期間、術で思考を奪われている。たとえ我に返ったところで、置かれている状況を把握することすら困難かもしれない。

「でも……、もし抜け出すのに時間がかかったら……」

「狐は賢いから、危険を察した瞬間に逃げてしまうだろう。つまり、封印できるタイミングはとても短く、一度きりだ。失敗すれば振り出しに戻るどころか、警戒してしばらく身を潜めるかもしれない。……アシナヅチを連れたまま」

「そんな……！」

それは、リスクの高い策だった。

ただ、ようやく絞り出した、唯一の策であることも確かだった。

黙り込む芽衣に、大山津見は笑みを浮かべる。

「方法があるだけマシだ。芽衣のお陰だよ。……それに、私はアシナヅチを信じてる。

……できれば、一緒に祈ってほしい」

「……それは、もちろんですけど……」

気丈に振る舞う大山津見を見ていると、芽衣には反対することができなかった。むしろ、一番不安なのは大山津見なのだと思うと、決断に意見することすら躊躇われた。

――そして。

「……では、始めようか」

大山津見のひと言で、天も立ち上がる。

ついに、アシナヅチの救出作戦が始まろうとしていた。

芽衣たちが向かったのは、屋敷のほど近くで大きく枝を広げる巨木の上。

不安定な場所だけれど、菖蒲の術の影響を受けず、アシナヅチを見逃さないよう屋敷を見渡せる場所としては一番適していた。

シナツヒコはひとり枝の先に立ち、扇を構えると、芽衣たちの方を振り返る。――

そして。

「シナツヒコ、頼む」

大山津見の言葉にコクリと頷き、菖蒲の屋敷に向けて扇を大きく振った。

すると、――その舞のような優美な動きとは裏腹に、たちまち激しい風が辺りに吹き荒れる。

枝は大きくしなり、芽衣たちは慌てて幹にしがみついた。

風は、シナツヒコが扇を振るたびさらに激しさを増していく。

必死にしがみ付いていなければ飛ばされてしまいそうだったけれど、いつ出てくるかわからないアシナヅチをいち早く見付けなければと、砂埃が舞い上がる中、芽衣は屋敷の様子を窺った。

しかし、菖蒲の香りがすっかり消えてしまっても、一向にアシナヅチが現れる気配はない。

「まずいな」

大山津見の表情に、不安の色が濃くなっていく。

一刻を争う緊迫した空気の中、芽衣はただただ必死に祈った。

しかし、そのとき。突如、二階のバルコニーに、――菖蒲が姿を現した。

「菖蒲……さん……」

たちまち頭を過る、嫌な予感。

菖蒲の手には、ただの木の人形となった傀儡が握られていた。

菖蒲は芽衣たちの気配に気付くと、さっきとは別人のように目を吊り上げて怒りを露《あら》わに睨みつける。

「……私としたことが、こんなガラクタを掴まされていたとは」

あまりの迫力に、芽衣の背筋がゾクッと冷えた。

大山津見の表情も、苦しげに歪む。

「傀儡に気付かれてしまったか……。まだアシナヅチが出てきていないというのに」

そのとき芽衣の頭を過ったのは、――失敗という、絶望的な言葉だった。

やがて、菖蒲は傀儡を投げ捨てるとくるりと踵を返し、屋敷の中へ姿を消してしまう。

それと同時に、屋敷の輪郭が徐々に曖昧になりはじめた。

「屋敷が消えてる……！　どうしよう、逃げられちゃう……！」

もし逃げられてしまえば、アシナヅチを救う機会を今度はいつ得られるかわからない。

しかし、もはや成す術はなかった。徐々に消えゆく屋敷を呆然と見つめながら、頭を過るのはやはりテナヅチのこと。

「――アシナヅチ様……！　出てきて！　早く……!!」

気付けば、芽衣は無我夢中で叫んでいた。

枝から身を乗り出す芽衣を、大山津見が慌てて支える。

「芽衣、危ないから下がりなさい。……こうなればもう無理だ」

けれど、芽衣にその言葉は届かなかった。

大山津見の手を振りほどき、屋敷に向かってさらに叫ぶ。

「アシナヅチ様……！　お願いだから、テナヅチ様をひとりにしないで……！」

無我夢中で叫んだ瞬間、――芽衣はバランスを崩し、風に煽られた体はいとも簡単に宙に投げ出された。

「芽衣……！」

落下をはじめた視界が、まるでスローモーションのように流れていく。

必死に手を伸ばす天の姿が見え、――ああ、また叱《しか》られてしまうと、こんな状況の中、不思議とのん気なことを考えている自分がいた。

しかし、無情にも、みるみる地面は迫る。芽衣は覚悟を決めて固く目を閉じた、

――そのとき。

「――困った人ですね。私のことよりも、自分の心配をするべきでしょうに」

聞き覚えのある声が響くと同時に、突如、落下がぴたりと止まった。

おそるおそる目を開けると、目の前にいたのは、芽衣の腕を掴むテナヅチの姿。

氷川神社を訪れてからというもの、泣き顔しか見ていなかったけれど、そのときのテナヅチは凛としていて、とても美しかった。

「テナヅチ様……、どうして……」

「あなたの声が、ずっと聞こえていました」

「私の声……？」

「〝テナヅチ様をひとりにしないで〟と」

「さっきの……」

芽衣は驚き、目を見開く。

すると、テナヅチは少しいたずらっぽく笑った。

「少し前ですが、〝あっさり誘惑されるな〟という、狐に向けた憤りも」

「あ、あれは……！　っていうか……、あの叫び声、テナヅチ様にまで届いていたんですか……？」

聞こえていたとは夢にも思わず、あまりの恥ずかしさに芽衣の頬はみるみる熱をあげた。

テナヅチは芽衣をゆっくりと地面に下ろし、穏やかに微笑む。

「ええ。……ずいぶん乱暴ではありましたが、強い思いが伝わる言葉でした。……そして、思ったのです。大切なものは、自分で守らなければならないのだと」

「テナヅチ様……」

「ただ泣いていても仕方がないと、ようやく気付きました。アシナヅチに声を届けられるのは、……きっと、私だけなのに」

テナヅチはそう言うと、いまだ混乱する芽衣を他所に、ふわりと宙に浮き屋敷の方を向く。——そして。

「アシナヅチ。——あっさり誘惑されていないで、早く戻ってきなさい……！」

テナヅチの上品な見た目からは想像できないくらいにドスの利いた声で、そう叫んだ。

　辺りは、しんと静まり返る。

　自分の言葉をしっかり引用され、緊迫した場であるにもかかわらず、芽衣は驚きと恥ずかしさで顔を覆った。——そのとき。

「おい、あれを……！」

　頭上から、大山津見の声が響く。

　見上げると、皆が同じ方向をまっすぐに見つめていた。しかし、芽衣の場所からはなにも見えず、固唾を飲んで様子を窺う。

するとふいにテナヅチが柔らかい微笑みを浮かべ、ゆっくりと手を伸ばした。

「テナヅチ様……？」

名を呼んでも、テナヅチは一点を見つめたまま反応はない。

しかし、突如、瞳から一粒の涙を零した。――そして。

ふいに現れた人影が、テナヅチの手を掴む。

上りはじめた朝日が逆光となってはっきりとは見えなかったけれど、誰が現れたのかは、もはや考えるまでもなかった。

――よかった……。

手を取り合う二人の影を見ながら、芽衣はほっと息をつき、地面にぺたんと座り込む。

しかし、余韻に浸っている間はなかった。

突如、狐に姿を変えた天が頭上からひらりと舞い降り、芽衣の襟首を咥《くわ》えたかと思うと、勢いよく走り出した。

あっという間に屋敷から離れ、ようやく下ろされたのは、静かな森の中。

突然のことに、芽衣はすっかり混乱していた。

「て、天さん……？　なんで急に……！」

「忘れたのか。……アシナヅチが逃げると同時に大山津見が封印するって言っていただろう。……屋敷ごと封印するとなると、影響範囲も大きい。ヒトは下手すれば巻き込まれる」

「あ……、それで……。じゃあ、菖蒲さんは……」

「ミスしていなければ、今頃封印されてるだろ。最低でも数百年は出てこれない」

「……そう、ですか」

できれば二度と会いたくない相手だけれど、封印されたと聞くと少し複雑だった。同情しているわけではなく、ヒトの世のように罪の重さを測ることもなく、ことを起こせば封印されてしまうという極端な結末が、なんだか恐ろしく感じられた。

なぜなら、妖になりかけている芽衣にとっては、まったく無関係な話ではない。妖になれば自分がどうなってしまうのかなんて想像したくもないけれど、菖蒲のような末路を目の当たりにすると、嫌でも考えてしまう。

「あの……、万が一の話ですけど……、私が妖になってしまって、もし自我をなくして誰かに迷惑をかけるようなことがあったら――」

突然不安に駆られて口走ったものの、その続きは天の重荷にしかならない気がして、慌てて言葉を止めた。

しかし、天はまるですべてを察しているかのように、そっと頭を撫でる。

「お前が妖になったところで、どうせ取るに足らない小物だ」

「そんなの、わからないじゃないですか……」

「……まあ、でも」

「え……？」

「万が一のときは、俺も一緒に封印されてやる。……一人では、退屈だろう」

冗談めかした口調だったけれど、芽衣の心はぎゅっと震えた。

そんなことさせられないと思いながらも、心が勝手に喜んでしまう。

「なら、……そんなに悪くないですね」

本来なら怖ろしいはずの仮説に、不思議と胸が暖かくなった。

そして、天から向けられる想いは、自覚していたよりもずっと深いかもしれないと、芽衣は実感していた。

出会った頃はなにを考えているかわからなかったのに、最近は戸惑ってしまうくらいに直接的で、たちの悪いことに淡々としている。

芽衣は緊張を誤魔化すために、指先をぎゅっと握り込む。

するとかすかな痛みが走ると同時に、すべての発端となった傷口から、じわりと血が滲んだ。

「あ、傷が……」

「……どうやら終わったらしいな」

流れる血は、ヒトに戻りつつある証拠であり、今回の件が片付いたことを意味する。

天は芽衣の傷口を確認し、ほっと息をついた。

「……戻るか」

「あの……」

「どうした？」

「もう、少し……」

衝動的にそう口にすると、立ち上がりかけていた天は、ふたたび芽衣に寄り添う。

少しずつ昇っていく朝日に照らされながら、互いになにも言わない静かな時間が流れた。

天の香りに包まれると、不思議な気持ちが込み上げてくる。

神の世に迷い込み、これまでの常識を覆すようなことばかりが起き、今もこの世界に受け入れられないことに抗っている最中だというのに、――まるで、最初からここが自分の居場所であったかのような。

ふいに天の手を握ると、すぐに握り返される。

その動作があまりに自然で、まるで呼吸のようだと芽衣は思った。

川越氷川神社へ戻ると、境内のいたるところがキラキラと輝いていて、芽衣は違う場所に来たのではと一瞬錯覚した。

黒く澱んでいた絵馬もすっかり元に戻っていて、芽衣はほっと息をつく。

「芽衣様！」

本殿へ向かって歩いていると、巫女が嬉しそうに駆け寄り、勢いよく芽衣に抱きついた。

「おかえりなさい！」

「ただいま……！」

「お話を聞きました！　芽衣様のお陰だと！」

「そんなことないよ。アシナヅチ様に、テナヅチ様の声が届いたんだよ」

「いえ！　皆が噂しています！　テナヅチ様は、天様に罵詈雑言《ばりぞうごん》を浴びせた芽衣様に心を動かされたと！」

「ば、罵詈雑言……。待って、話が歪んでる……」

「とにかく、ありがとうございます！」

噂にはずいぶん大きな尾ひれが付いていたけれど、巫女の笑顔があまりに眩しく、芽衣は訂正するタイミングを失う。

「おかしい……。私はただ、あっさり誘惑されるなって言っただけなのに……」

「しかも、誘惑されてないからな、俺は。不本意極まりない噂だ」

「……だけど、そうはいってもちょっとくらいは心が揺れたりしませんでした？　だって菖蒲さんって、もはや色気の権化のような女性でしたし……」

「ありえない。仁じゃあるまいし」

「仁さんに失礼ですよ……」

そう言いながらも、仁を引き合いに出されるとつい納得してしまって、芽衣は思わず笑う。

「まあ、でも、あの香りが天さんにあまり効かなくてよかったです。……ほんと、恐ろしい術ですよ、女性からしたら」

「……最初から、俺には効かないと言ったはずだ」

「そうでしたね。……でも、信じてなかったわけじゃなくて、つい心配になるんです。

もうそういう生き物だって思ってください」

　そう口にした瞬間、視線のずっと先で芽衣たちに手を振るテナヅチとアシナヅチの姿が見えた。

「あ、待ってくれてますよ！　行きましょう！」

　芽衣は手を振り返し、天の手を引く。――しかし、その手は逆に引き返され、バランスを崩した瞬間、芽衣の首筋に天が顔を寄せた。

「ちょっ……」

「お前も甘いな」

「はっ……？」

「俺にはこっちの方が効く」

「……っ」

　さらりと言われた殺し文句に、芽衣の顔は一気に熱を上げる。

　一方、天は固まる芽衣を残したまま、平然と先を歩いていった。

　慌てて追おうとしたけれど、心臓がバクバクと騒がしく、足下がおぼつかない。

　――本当に、術にかかってるみたい……。

　心の中で呟いた言葉が、さらに芽衣を煽った。

ただ、――こんな術ならば、永遠にかけられていたいと願ってしまっている自分がいた。

たったひと言で心をがんじがらめにされてしまう、この厄介な術に。

菖蒲《あやめ》

飛縁魔という狐の妖。妖艶な美しさで男を誘惑し、男女の仲を裂くことを楽しむ。

双葉文庫

た-46-19

神様《かみさま》たちのお伊勢参《いせまい》り❾
縁結《えんむす》び神社《じんじゃ》に誘惑《ゆうわく》の香《かお》り

2021年3月14日　第1刷発行

【著者】
竹村優希《たけむらゆき》

【発行者】
島野浩二
【発行所】
株式会社双葉社
〒162-8540 東京都新宿区東五軒町3番28号
［電話］03-5261-4818(営業)　03-5261-4851(編集)
www.futabasha.co.jp(双葉社の書籍・コミックが買えます)
【印刷所】
中央精版印刷株式会社
【製本所】
中央精版印刷株式会社

【フォーマット・デザイン】
日下潤一

ISBN978-4-575-52457-4 C0193
Printed in Japan